Painting by Luis Pardini
Photographed by Robin Hill

卡莉摩拉

1

兩名男子在三更半夜交談。他們相隔一千零四十哩。雙方的一側臉頰都被手機照亮。他們宛如在黑暗中談話的兩個半臉。

「我可以到你說的地方找到房子。告訴我其餘細節，黑素斯。」

回答在靜電雜訊中聽起來很模糊。「你只付了承諾的四分之一。」沙—沙。「把其餘的錢寄給我。寄來給我。」沙—沙。

「黑素斯，如果我不需要你幫忙就找到了我要的東西，你不會再收到我任何一分錢。」

「這話倒是沒錯。這是你一輩子說過最老實的話了。」沙—沙。「你要的東西放在十五公斤的塞姆汀炸藥上面……如果你沒靠我幫忙就找到了，你會被炸飛到月球上。」

「我的手臂很長，黑素斯。」

「但是無法從月球搆到，漢斯佩卓。」

「我的名字是漢斯彼得，你知道的。」

「如果手臂夠長你就會把手放在自己的老二上面？是這個意思嗎？我不想要你的個人資料。少浪費時間了，把錢寄過來。」

電話斷線。兩人都躺著凝視黑暗。

漢斯彼得・許奈德躺在大礁島外海他的黑色大帆船臥鋪上。他聽著船首V形臥鋪上一名女子的啜泣聲。他模仿她的哭聲。他很擅長模仿。他用自己母親的聲音，呼喚哭泣女子的名字。「卡拉？卡拉？親愛的孩子，妳怎麼哭了？這只是一場夢。」

黑暗中，焦慮的女子上當了一瞬間，又悽慘地哭了起來。

女人哭聲在漢斯彼得聽來猶如天籟；撫慰效果讓他繼續睡著了。

¶

在哥倫比亞的巴蘭基亞市，黑素斯・維拉利爾聽著他呼吸器和緩的斷斷聲冷靜了下來。他從面罩裡吸了些氧氣。在平凡的黑暗中他聽到一個病人在病房裡大聲向上帝求救，大叫「耶穌啊！」。

黑素斯・維拉利爾向黑暗耳語，「希望上帝能像我一樣清楚地聽到你的聲音，老兄。但是我懷疑。」

黑素斯・維拉利爾用拋棄式手機打給查號台問到了巴蘭基亞一家舞蹈教室的電話號碼。他拉開氧氣面罩方便說話。

「不，我沒興趣學跳舞，」他向電話說，「這種時候我不跳舞。我要找恩尼斯托老大。你一定認識他。轉達我的名字，他就知道了。」沙—沙。

2

漢斯彼得・許奈德的船緩緩經過比斯坎灣的那棟大宅，黑色船身劃過水面發出咕嚕聲。

漢斯彼得透過他的望遠鏡盯著二十五歲、身穿睡褲和背心，在陽台上清晨的微光中伸展運動的卡莉・摩拉。

「我的天，」他說。漢斯彼得的犬齒相當長，微笑時會露出銀光。

漢斯彼得高大蒼白，全身無毛。因爲沒睫毛，他的眼皮碰到望遠鏡的鏡片，造成模糊。他用亞麻手帕擦擦接目鏡。

房屋仲介員菲力克斯站在船上他的背後。

「就是她。看守人，」菲力克斯說，「她比任何人都熟悉這房子，可以搞定很多事。向她打聽，然後我會在她看到不該看的事情之前開除她。她可以幫你省點時間。」

「時間，」漢斯彼得說，「時間。許可證還有多久？」

「現在租這房子的人正在拍廣告。他的許可證還有兩星期。」

「菲力克斯，我需要你給我房子的鑰匙。」漢斯彼得說德國腔的英語，「今天就要。」

「你用我的鑰匙，進屋裡要是出什麼事，他們會查得到。就像辛普森殺妻案——

你用我的鑰匙，他們會知道。」菲力克斯自己乾笑。「呃，拜託，我今天會去找租客，請他放棄。你會想要在白天來看房子，跟其他人一起。你得了解那裡面詭異得要命。我換過四個看守人才找到現在這個。她是唯一不害怕的。」

「菲力克斯，你去找租客。給他錢。最多一萬塊。但是現在把鑰匙給我，否則五分鐘內你就是浮屍。」

「你要是傷害那個妞，她就無法幫你，」菲力克斯說，「她睡在裡面。爲了火災保險理由她必須睡在裡面。她有時白天會到別處工作。等到白天再進去吧。」

「我只是想到處看看。她絕對不會發覺我在屋裡。」

漢斯彼得透過望遠鏡研究卡莉。她正踮著腳在填充餵鳥器。把她扔掉太可惜了。憑那些有趣的疤痕，她可以賣一大筆錢。或許諾克少（注：茅利塔尼亞首都）的 Acroto Grotto 殘肢俱樂部會出十萬美元（等於三千五百四十三萬三千一百八十四茅利塔尼亞幣）。那得要她手腳完整、沒有刺青。如果他要賣高價就必須把她客製化，加上花費時間，還會更貴。十五萬美元。小數目。那棟房子裡可是有兩千五百萬到三千萬美元。

陽台旁的緬梔花樹上有隻貓鵲正唱著一首在哥倫比亞雲霧森林學會並向北帶到邁阿密海灘來的歌。

卡莉・摩拉認得出住在一千五百哩外的安地斯孤鶇的特殊叫聲。貓鵲唱得很起勁。卡莉微笑著停止動作再聽一遍她童年記憶的歌聲。她向鳥兒吹口哨。牠也口哨回應。她走進屋裡。

船上的漢斯彼得伸出手討鑰匙。菲力克斯把鑰匙放到他手掌上，不敢碰觸他。

「門上都有警報，」菲力克斯說，「但是日光浴室的門故障了在等零件。是房子南側的日光浴室。你有開鎖工具嗎？看在老天份上，用鑰匙之前先刮刮鎖頭，在台階上留下工具以防出事。」

「我會幫你這麼做，菲力克斯。」

「這不是好主意，」菲力克斯說，「跟她亂來，你就問不出情報。」

¶

菲力克斯回到他停在海邊的車上，掀起行李廂的墊子去拿他跟千斤頂與修車工具藏在一起的拋棄式手機。他撥了哥倫比亞巴蘭基亞市一間舞蹈教室的電話號碼。

「沒有，先生，」他雖在戶外仍然壓低音量，向電話說，「我已經用許可證理由盡量拖延他了。他有自己的律師處理這種事——他會找到我。他會佔據房子。如此而已。他知道的不比我們多……是，我收到訂金了。謝謝，先生，我不會讓你失望的。」

3

卡莉・摩拉做過各式各樣的正職。她最喜歡的是鵜鶘港海鳥保育站，獸醫和其他志工在那裡復育鳥類和小型動物。她負責維護治療室，在每個工作天下班前消毒工具。有時候也跟表姊一起幫保育站舉辦的遊艇活動提供外燴餐飲。

卡莉一有機會跟動物一起工作就會積極爭取。站方提供的醫護袍她很愛穿，因為讓她感覺像個醫生。

獸醫們已經學會了信任卡莉，她對鳥類靈巧又小心，今天，在布蘭柯醫師的監督下，她縫合了一隻被魚鉤割傷的白鵜鶘喙下方的喉囊。縫喉囊是細膩的工作，必須分層處理，在鳥兒被瓦斯麻醉期間各自分別縫合。

這是個平靜、吸引人的工作。跟她的童年經驗很不同，例如在野外快速地用縫針或止血帶合上士兵的傷口或用披風遮蔽嚴重的胸傷，或在用手壓止血的同時用牙齒撕開壓縮繃帶包。

那天下班前鵜鶘在復原籠裡睡覺，布蘭柯醫師和其他人已經回家了。

卡莉從冷凍庫取出一隻有機老鼠解凍，同時整理治療室，換新外面候鳥休息處和獸欄的飲水。

在收拾好房間也消毒了器材後，她開了一罐羅望子可樂喝，然後把解凍的老鼠拿到外面有鐵絲籠圈住的獸欄和候鳥休息處。

那隻大角鴞棲息在休息處遠端角落的高枝上。她把鼠屍塞進鐵絲網放在窄架子上。她閉上眼睛嘗試在牠的大翅膀鼓風吹過來之前先聽到鴞的動作。牠從不亂丟，而是用牠其中一隻X型的爪子抓起食物默默飛回高枝，再把喙和喉嚨張得驚人地開，一口把老鼠吞下去。

這隻大角鴞是海鳥保育站的永久居民。因為在觸電意外中失去一隻眼睛無法狩獵而永遠不能野放，但是飛行沒問題。貓頭鷹在市區學校的自然界專題演講是很受歡迎的訪客，能忍受幾百個學童的近距離觀察，有時候還在演講中閉上獨眼打瞌睡。

卡莉坐在翻倒的桶子上背靠著鐵絲網，走道對面因爲腳趾間割傷還在療養中的鰹鳥注視著她。卡莉用獸醫教她的滑輪縫合法俐落地縫合了傷口。

在附近的海岸，船隻點亮了燈，親密的情侶在他們的帆船上做飯。

戰爭的孩子卡莉妲・摩拉想當獸醫。她以不太可靠的暫時保護身份在美國住了九年，在目前的惡劣氣氛中只要政府不高興，她的身分隨時可能被取消。

在取締非法移民前的年代，她取得了高中畢業同等學歷。她悄悄上了六週短期課程加上可觀的實務經驗，考上了家庭醫護助理執照。但要繼續升學她得提出比目前更好的文件。移民與海關執法局隨時都在注意。

她在短暫的熱帶暮光中搭公車回到海邊那棟大宅。她抵達時天色幾乎全黑，映著餘光的棕櫚樹已經成了黑影。

她在岸邊坐了一會兒。今晚的海風感覺充滿了鬼魂——在她爲傷口止血時活著或死在她懷中、拼命呼吸活下來、或一直發抖到斷氣的年輕男女與孩童。

在別的夜晚，微風輕拂著她宛如親吻的記憶，睫毛掠過她的臉，親暱地吹氣在她脖子上。

有時這樣，有時那樣，但總是充滿了感觸。

卡莉坐在戶外聆聽蛙鳴，池塘中的蓮蓬坑洞像眼睛注視著她。她看著一座她用木箱改造的鳥舍的入口。還沒出現任何臉孔。有三隻青蛙在窺視。

她用口哨吹安地斯孤鶇的曲子。沒有鳥叫回應。她在心情不好獨自吃飯時會感覺有點空虛。

帕布羅・艾斯科巴（注：已故八〇年代大毒梟）曾經擁有這棟大宅，但是從未住過。認識他的人認爲他是爲了可能被引渡到美國，買來給家人使用的。

這棟大宅在艾斯科巴死後經歷過幾場官司。多年來一連串花花公子、笨蛋和房產投機客買過這房子——這些賭徒向法院買下它以後會持有一陣子，同時他們的財富有增有減。現在房子裡仍然充滿他們的愚行：電影道具、怪獸假偶、擺出各種姿勢的東西。有時尙假人、劇照、點唱機、恐怖片道具、情趣家具。客廳裡有一座出自辛辛監獄只殺過三個人的早期電椅，電流量還是湯瑪斯・愛迪生親手調整的。

卡莉在屋裡一連串明滅的燈光下走過假人、蹲踞的電影怪獸、十七呎高的佐恩星球異形女王，到達樓梯頂端她的臥室。她臥室裡的最後一盞燈閃爍一下後熄滅了。

4

漢斯彼得·許奈德拿著菲力克斯的鑰匙，可以如願以償潛入邁阿密海灘這棟房子。他可以趁卡莉·摩拉那女孩在樓上炎熱中熟睡時進去。

漢斯彼得在北邁阿密海灘的老街雷船巷附近、比斯坎灣邊一座無標誌的倉庫起居室裡，他的黑帆船繫在隔壁的船屋。他裸體坐在磁磚浴室中央的凳子上，讓牆上的許多蓮蓬頭從四面八方把水噴到身上。他用德國腔唱著：「……在雨中歡唱。多麼美妙的感覺，我又變快樂了。」（注：《萬花嬉春》主題曲。）

他從正在融化卡拉的液態火化機的玻璃面上看見自己的倒影。那個女孩無法販賣。

在蒸騰的霧氣中漢斯彼得在玻璃上的影像宛如銀版攝影。他擺出羅丹的〈沉思者〉姿勢從眼角看著自己。隨著蒸氣傳出一股微弱的鹼液氣味。

興趣盎然地看著玻璃上自己化身沉思者的倒影，同時在玻璃後的槽裡，卡拉的骨頭開始從腐蝕性鹼液把她的屍體變成的糊狀物中豎立。機器搖晃，來回攪動，然後打嗝冒出泡沫。

漢斯彼得很以他的液態火化機爲傲。因爲液態火化機逐漸受到想避免火葬的碳足跡的環保人士歡迎，他被迫加價搶購。液化法毫無排碳，也不留任何痕跡。如果有女人不合用，漢斯彼得可以把她變成液體倒進馬桶——對地下水沒有負面效果。他的招牌歌是：

「打給漢斯彼得——就是這個名字！——麻煩馬上沖到水管裡——漢斯彼得！」

卡拉不盡然是個損失——她提供了漢斯彼得一些娛樂，他還可以賣掉她的兩顆腎臟。

漢斯彼得感覺到他的火化機散發出的怡人熱氣布滿浴室，儘管他把鹼液的溫度維持在華氏一百六十度以延長過程。他喜歡看著卡拉的骨骸緩緩從肌肉裡浮現，而且，他像爬蟲類一樣受溫熱吸引。

他在考慮潛入房子要穿什麼衣服。他的白色乳膠緊身衣是剛從性幻想展售會偷來的，他很喜歡，但是他的大腿摩擦時會發出吱吱聲。不行。如果他在屋裡看著熟睡的卡莉・摩拉時決定脫衣服，會需要黑色、舒適且不會發出噪音的東西。還有用塑膠袋裝一套替換衣物以防他流汗或黏膩，和一小瓶漂白水用來摧毀DNA，以防萬一。再加上金屬探測器。

他用德語唱著歌，一首被巴哈用在《哥德堡變奏曲》裡、稱作「酸菜和甜菜會把我嚇跑」的民謠。

興奮的感覺眞好。秘密行事。在帕布羅的地獄長眠中報復他……

¶

漢斯彼得・許奈德在淩晨一點來到房子邊的矮樹籬。月光很亮，映在地面的棕櫚樹影子像血一樣黑。風吹動廣大葉片時，地面的影子可能有一個人這麼大。有時候眞的是人影。漢斯彼得等待颳風時跟著遍布草坪上的影子移動。

房子仍然散發出白天的熱氣。他站在牆邊感覺它像一隻溫暖的巨獸。漢斯彼得貼著房屋側面，用全身上下感受熱度。他感覺到月光，在頭上癢癢的。他想起新生袋鼠從媽媽肚子奮力爬向溫暖的育兒袋。

房子裡很暗。他隔著日光浴室的深色玻璃什麼也看不見。有些防颶風的金屬擋板放下來了。漢斯彼得把撬鎖器插入門鎖，用力刮了兩下鎖頭。

他緩緩把菲力克斯的鑰匙插入門鎖。他有種冰凍的快感。這對漢斯彼得來說很熟悉，貼著溫暖的房子把鑰匙插入門鎖。他聽見喇叭鎖發出一連串微小的喀啦聲，宛如當他回頭到灌木叢中找那死了幾天、溫暖得剛剛好——被蛆堆溫暖到比生命還暖——的女人時聽見的昆蟲聲。

鑰匙的橢圓形尖端這時塡滿了鎖孔。就像如果他決定上樓會對她那樣塡滿。一直貼著她直到她體溫變得太冷。很可惜，她會比房子散發太陽的熱能更快冷卻。在冷氣房裡即使他蓋上被子緊抱，她也不會保持體溫太久。她們從來無法保持體溫。好快就變濕黏，好快變冷。

他不需要現在決定。他可以隨心所欲。看他能否保持隨心所欲挺好玩的。心情與理智，理智與心情，互相衝突。他希望她味道好聞。**酸菜和甜菜會把我嚇跑。**

他轉動門把，推開門時密封膠條發出嘶聲。黏貼在他鞋尖的金屬探測器會偵測藏在地毯下的任何金屬警報踏墊。他把腳滑過日光浴室地板才把重心踏上去。然後走進去，進入涼爽的黑暗，離開草坪上移動的黑影和月光照在頭上的悶熱感。

他背後的角落傳來窸窸窣窣和金屬的聲音。

有隻鳥說，「卡門，搞什麼鬼？」

漢斯彼得的手槍在手上，他沒印象自己有拔槍。他靜靜站著。籠裡的鳥兒又發出窸窣聲，在棲枝跳上跳下念念有詞。

月光照進窗戶映出假人的身影。有哪個會動嗎？漢斯彼得在黑暗中穿過它們。有隻伸出的石膏手在他經過時碰到他。

就在這裡。就在這裡。黃金就在這裡。就在這裡！他早知道。要是黃金聽得到他站在走廊裡的這位置呼喚它們就好了。蓋著布的家具，一台蓋著布的鋼琴。他走進有撞球桌被垂到地面的床單蓋著的酒吧區。製冰機吐出一堆冰塊，他蹲下來等待，聆聽，思索。

那個女孩有很多關於這棟房子的情報。他的優先要務是打聽到這些資訊。反正往後他可以拿她賣錢。她死了頂多値幾千塊，他還得用乾冰運送她的屍體。

沒必要驚動她，但她在陽台上好迷人，好討人喜歡，他想看看她的睡相。他有權找點樂子。或許他可以在床單上滴一點，在她有疤痕的手臂上，僅此而已。喔，一兩滴在她熟睡的臉頰上，算是化妝，有何不可？可能會有一些流進她眼角裡。哈囉。讓她的眼睛準備好流淚。

他口袋裡的手機貼著大腿震動起來。他把手機移動位置製造快感。他看到菲力克斯傳來的簡訊感覺更高興了。簡訊說：

成功了。我用一萬塊讓他放棄許可證和後續的好事了。我們的許可證明天會下來。馬上可以搬進去！

漢斯彼得躺在蓋布撞球檯底下的地毯上，用他所謂的銲手指發出簡訊。他食指的指甲受到令他無毛的基因影響也變形了。他在被醫學院以道德理由開除之前得知了銲手指。幸好他父親當時已經老到無法爲這個失敗痛打他一頓。銳利的指甲很適合用來清裡無毛的鼻孔，因爲他對黴菌、孢子、刺莧和油菜的花粉都很敏感。

卡莉・摩拉在黑暗中醒來卻不明所以。她的驚醒本能源自聆聽森林裡的警示聲音。接著她回過神來，頭部保持不動環視廣大的臥室。所有小燈都在發亮——有線電視的機上盒、恆溫器、時鐘——但是警報踏墊的燈是綠色而非紅色。

有人關掉樓下的警報時發出嗶聲驚醒了她。現在警報燈因爲樓下有人經過了門廳的動態偵測器在閃爍。

卡莉．摩拉穿上汗衫從床底下拿出球棒。她的手機、刀子和防熊噴霧器都在口袋裡。她走到外面走廊往彎曲的樓梯下方喊。

「誰啊？你最好馬上回答。」沉默十五秒鐘，然後下方有個聲音說「菲力克斯。」

卡莉往天花板翻白眼，從牙縫裡吐氣。

她打開燈光走下螺旋形樓梯。帶著球棒。

菲力克斯站在樓梯底端，一隻電影假偶底下，索恩星球張牙舞爪的太空迅猛龍。

菲力克斯看起來不像喝醉。他手上沒有武器，卻在屋裡戴著帽子。

卡莉停在離地面四步的地方。她感覺不到他貪婪的目光看著她。很好。

「你晚上進來要先打電話通知我，」她說。

「我有個緊急的租客，」菲力克斯說，「拍電影的人。他們出很多錢，希望妳留下，因爲妳熟悉這個房子，或許也要做飯，我還不確定。我幫妳跟他們談好了。妳該感謝我的。他們付妳大把鈔票以後妳該分我一點。」

「什麼電影？」

「我不知道。也不在乎。」

「你清早五點跑來告訴我這個？」

「只要他們願意付錢，愛怎樣都行，」菲力克斯說，「他們想在天亮之前進駐。」

「菲力克斯，看著我。如果是拍A片你知道我的立場了。是的話恕不奉陪。」

在洛杉磯郡通過 Measure B 法案，規定螢幕上要使用保險套，扼殺了創作自由之後，很多A片公司都搬到邁阿密。

以前她和菲力克斯有過類似爭議。

「那不是猥褻電影。應該是實境秀之類的。他們要兩百二十伏特的轉接器和滅火器。妳知道那些東西在哪裡，是吧？」他從外套掏出一張發皺的邁阿密海灘市拍攝許可證，叫她幫他準備膠帶。

十五分鐘後她聽到了比斯坎灣有船隻接近岸邊。

「記得關碼頭燈，」菲力克斯說。

¶

漢斯彼得・許奈德在公開生活中大多數時候極度乾淨，在普通熟人面前總是香噴噴。但是卡莉和他在廚房握手時，聞到了一絲硫磺氣味。像屋裡有死人的村莊燃燒的味道。

漢斯彼得注意到她強壯的大手掌，露出殘忍的笑容。「我們說英語還是西班牙語好？」

「隨便你。」

怪物如同討人厭的傢伙，都知道自己被看穿了。漢斯彼得習慣了自己的行爲露餡後厭惡與恐懼的反應。有些激烈的例子，反應是痛苦地懇求死得痛快。有些人比較快對他產生警戒。

卡莉只是看著漢斯彼得。她沒眨眼。烏黑瞳孔裡有聰明的色彩。

漢斯彼得嘗試觀察她眼中自己的倒影，但是很失望看不到。好漂亮的人！我想她自己並不知道。

幻想的片刻中他編出了一些對句。**我看不到妳黑池般的眼中的倒影／妳會很難馴服，但是一旦馴服，多大的獎勵啊！**有時間的話，他也會再用德文，用音樂想過。用「hörig」代替「馴服」，意思比較接近「奴化」。用〈酸菜和甜菜〉的旋律。在洗澡時唱。或許對她唱，如果她碰巧醒來，乞求被洗乾淨的話。

目前，他需要她的善意。該表演了。

「妳在這裡工作很久，」他說，「菲力克斯說妳是個好勞工，對這房子很熟。」

「我斷斷續續看守這棟房子五年了。也幫忙做些維修。」

「泳池休息室會漏水嗎？」

「不會，沒問題。如果想要也可以開空調。泳池休息室的空調有獨立的變電箱，斷路器在花園的牆上。」

漢斯彼得的手下巴比・喬從角落處盯著卡莉。即使在盯著人看不算失禮的國家，巴比・喬的目光也算是粗魯。他的眼睛是橘黃色，像某些龜類的眼睛。漢斯彼得向他招手。

巴比・喬過來之後站得太接近卡莉了。

她看得到他留長的監獄髮型底下頸側草寫體的「膽大包天！」刺青。他的手指上刺了表示愛與恨的字母。手掌上寫著曼紐拉。因爲頭顱太小，他帽子後方的束帶末端突出一截到側面。某個回憶刺痛了她一下然後消失。

「巴比・喬，沉重的東西暫時先放到泳池休息室去，」漢斯彼得說。

巴比・喬經過卡莉背後時，指關節掠過了她的屁股。她摸摸在脖子上的念珠串下的聖伯多祿十字架。「整棟房子到處都有水電嗎？」漢斯彼得說。

「有，」卡莉說。

「妳有兩百二十伏特的電流嗎？」

「有。在洗衣室和廚房的爐子後面。車庫裡的高爾夫球車充電器有兩百二十伏特輸出功能，上方的掛鉤上有兩條延長線。用紅色那條，別用黑的。有人把黑色那條的接地線割斷了。旁邊有兩個二十安培的斷路器。泳池休息室的都有接地故障斷路器。」

「妳有樓層平面圖嗎？」

「圖書室裡有建築師的繪圖和電工的圖解，在一樓的陳列室。」

「警報系統有連線到中央辦公室或警察局嗎？」

「沒有，只能手動操作讓街上的警笛響起。四個區域，有門戶警報和動態偵測。」

「屋裡有糧食嗎？」

「沒有。你們要在這裡吃飯嗎？」

「對。某些人。」

「在這裡過夜嗎？」

「直到我們的工作完成。我們有些人會在這裡吃飯過夜。」

「有賣午餐的餐車。他們沿街賣給建築工地的人。挺好吃的。在工作天最好早點去買。你們會聽到喇叭聲。我最喜歡 Comidas Distinguidas 牌，Salazar Brothers 牌也很好。上一個劇組就買他們的。他們車身側面有寫『熱食』。如果你想要他們供餐，我有電話號碼。」

「我希望由妳供餐，」漢斯彼得說，「妳可以每天採買糧食做一頓飯嗎？妳不用管上菜，只要做成自助餐就好。我出得起錢。」

卡莉需要錢。她在廚房裡手腳俐落又嚴謹，就像其他貧苦出身、在邁阿密富人家中工作的女性。

「我可以。我會搞定餐點。」

卡莉跟建築工人合作過。青少女時期她從午夜開始烹飪，穿著牛仔短褲開著午餐車送餐，木工一擁而上，生意很好。依卡莉的經驗，大多數勞力行業的男人都很善良，甚至殷勤。他們只是什麼都缺。

但卡莉看得出漢斯彼得一行三人，她不太喜歡他們的樣子。用火柴灰燼和電動牙刷刺上監獄刺青的前科犯。他們把沉重的磁性電鑽和兩支鑿岩機連同一台電影攝影機一起放進泳池休息室裡。

這個行業的女性都知道在偏僻場所跟一群粗人工作的首要法則——像在叢林裡一樣適用——越多人越安全。大多數時候如果有超過兩個男性在，大家會講文明；除非他們喝醉否則不會騷擾女人。這群人更加粗魯。她帶漢斯彼得去看裝在高樹籬和外牆之間的狹窄走廊的電力箱時，他們緊盯著卡莉。她感覺到他們在想著群交，一起上。比他們醜惡目光更糟的是，她察覺漢斯彼得走在她背後。

漢斯在樹籬後方面對她。他正面微笑時，好像白鼬鼠。「菲力克斯說他用過四個看守人才找到妳。其他人都怕這棟房子，毛骨悚然之類的。但是妳不怕嗎？我想知道爲什麼。」

她的本能說，不要跟他互動，別回答。

卡莉聳肩。「你們得預付採買雜貨的錢。」

「我會還妳的，」他說。

「我需要現金預付。眞的。」

「妳眞嚴肅。聽口音好像哥倫比亞人——西班牙裔眞漂亮。妳怎麼留在美國的，妳是用『確切恐懼』庇護嗎？移民局認同妳有確切的恐懼？」

「我想兩百五十美元可以支應目前的雜貨費用，」卡莉說。

「確切恐懼，」漢斯彼得說。他在欣賞她的五官，思考痛苦會怎麼讓它扭曲。「屋子裡的東西，恐怖電影道具，嚇不了妳，卡莉。爲什麼呢？妳只把它們當作影迷想像來嚇唬其他影迷的東西，對吧？妳是這麼看的，是吧，卡莉？妳懂其中差別。妳比較接近眞實——妳知道眞實嗎？眞理，或現實？妳怎麼學到差別的？妳在哪裡看過眞正可怕的東西？」

「Publix 連鎖超市有賣好吃的羊排，我也會買些保險絲，」卡莉說完，丟下站在樹籬後的蜘蛛網底下的他。

「Publix的羊排有特價，」漢斯用卡莉的聲音自言自語。他有驚人的模仿能力。

卡莉把菲力克斯拉到一旁。「菲力克斯，我不在這裡過夜。」

「可是火險——」他說。

「那你自己來住。你最好仰著睡。我會做飯。」

「卡莉，我跟妳說——」

「我也跟你說。如果我留下來會發生傻事。你不會喜歡後果，他們也不會。」

5

「恩尼斯托老大想知道帕布羅的老房子是怎麼回事，」馬可船長說，「我們什麼時候可以去看？」

一大早馬可帶著另外兩人坐在船塢的開放式小屋底下。微風吹動了繫在邁阿密河畔的貨船上的旗子。馬可船長的船推擠著堆放螃蟹籠的碼頭軋軋作響。

「如果克勞迪歐的卡車能發動，我可以早上七點跟園丁進去，」班尼托說，「依合約他們必須每兩週讓我們進去修剪樹枝和割草。」班尼托雖老但很強韌，眼神明亮。他用粗短的手指捲了根完美的 **Bugler** 菸草紙菸，把尾端捻在一起，用廚房火柴摩擦拇指指甲點火。

「黑素斯・維拉利爾宣稱黃金就在屋裡，」馬可船長說，「他在一九八九年用自己的船送交帕布羅的。恩尼斯托老大說目前屋裡的劇組是假貨，他們在挖掘房屋地下。」

「黑素斯在船上是個好人，」班尼托說，「我以爲他跟帕布羅一起掛了。我以爲除了我都死光了，我眞傻。」

「你太壞死不了，」安東尼奧說，拿桌上的酒瓶給老人倒了杯酒。安東尼奧二十七歲，穿著泳池工人的T恤很好看。

小屋裡的三人一直替他們在卡塔赫納的導師監視邁阿密，算是兼差。他們身上不同部位都有相同的刺青。圖案是掛在魚鉤上的鈴鐺。

水面上從下游餐廳飄來音樂聲，遠方是邁阿密的天際線。

「誰在那邊挖掘？」安東尼奧說。

「漢斯彼得·許奈德和他的手下，」馬可說。

「我見過漢斯彼得·許奈德，」班尼托說。

「你見過他嗎？剛看到他時，你會難過他可能有病。了解他之後，他就像一根戴著眼鏡的屌。」

「他是巴拉圭人，」馬可說，「據說是個大壞蛋。」

「他自己也這麼想，」班尼托說，把菸草罐收回他連身服的圍兜裡。「他在波哥大郊外挖掘帕布羅的房子找錢時，我看過他因為打混射穿別人的屁股。他是個瘋狂的壞蛋。」

「漢斯彼得·許奈德在這裡有生意，」安東尼奧說，「他來來去去的——他在邁阿密有兩間妓院，羅區汽車旅館和機場旁邊的另一家，還有一家色情偷窺店。在全盛期，他有兩家正規的變態夜店——The Low Gravy 和另一家叫做 Congress 的。衛生局發現了他們在樓上賣淫，郡政府撤銷了他的賣酒執照。還有一次移民局因為偷渡未成年男女想要驅逐他。現在他名下沒有任何生意。彷彿他已經不存在了。但是他神出鬼沒，而且會來收帳。」

安東尼奧經常和年輕警察釣魚，知道很多事情。

他喝光剩下的酒。「明天八點以後我可以進泳池。它在漏水，我可以拖延修理時間。」

「工頭怎麼辦，房子的經紀人還是菲力克斯嗎？」馬可船長說。

班尼托點頭。「菲力克斯超沒用的。他的工作帽不含稅就要五百五十塊，那是什麼意思？幸好他不會注意太多事。不過屋裡那個年輕小姐人很好。好到出奇。」

「完全同意，」安東尼奧說。

「她不該跟漢斯彼得・許奈德待在那裡。」

「我跟她通過電話，她不會留下過夜，」安東尼奧說。

「可惜許奈德已經見過她了，」班尼托說。

「明天進去，」馬可船長說，「大約九點鐘我和手下會把船開到海灣上去投放螃蟹籠。我們會假裝有繩索纏住逗留一陣子。班尼托，要是有問題，脫下帽子搧風。

我們會進去找你。如果你被脅迫舉起雙手，假裝意外撞掉你的帽子。如果你聽到馬達聲變小，有必要的話我們會帶武器進去。別亂來，恩尼斯托老大只想知道房子裡是怎麼回事。」

雷雨雲層盤旋在西方的沼澤上空。裡面有雷光閃現。東方的邁阿密天際線像座冰山閃閃發亮。

碼頭的捕蟹船旁邊有隻海牛浮上來呼吸發出叫聲。海牛聆聽牠身邊小牛的柔和呼吸聲。滿意之後，牠沉入水中消失。

6

班尼托跟承包商園丁提早來到比斯坎灣岸的大宅。他上午在海堤上割草時聽到遊艇開過來。老頭子看了看二樓的陽台。穿著黑色緊身衫的流氓恩貝托也聽到了遊艇聲。他正把一部蒙塵的電影攝影機拖到外面陽台上。

班尼托看見恩貝托的 AR-15 步槍上的滅音器突出欄杆上面兩吋。老園丁搖搖頭。**年輕人太不小心了。不對，那是老人的想法。問題並非恩貝托太年輕，是他太蠢，年紀再大也不會解決。**

「帶著反光板，」菲力克斯從有冷氣的室內座位向恩貝托大喊。菲力克斯戴著他超過五百五十塊的巴拿馬帽，其實那是厄瓜多製造的。

比斯坎灣在陰暗的天空下呈現灰綠色，海灣遠方聳立著邁阿密市中心的高樓群，隔水距離邁阿密海灘這棟大宅四哩遠。

遊艇仍在三戶人家之外，靠近海岸，在漲潮中沿著百萬富翁大道行駛。那是艘有敞篷客艙的大型平底船，喇叭播著流行歌。導遊年輕時當過慶典攤販。他的音樂從海岸大宅被反射回來，許多房子在夏季緊閉著門窗。

「在我們左邊，是音樂大亨格林尼・帕迪的家。仔細看就會發現陽光從他家裝飾整面牆的金唱片反射回來。」

遊艇這時幾乎跟班尼托平行了。他看得到沿著扶手的觀光客的蒼白臉孔。

導遊播起《疤面煞星》電影的音樂然後高談闊論：

「來點比較黑暗的，在我們左方，你可以看到破爛的綠色布蓬，褪色的風速標，荒蕪的直升機停機坪——那是以前屬於毒品大亨、殺人兇手、血腥富豪，在哥倫比亞的屋頂上被警方射殺的帕布羅・艾斯科巴的房子。

「現在沒人住了。房子在新買主出現之前出租供拍攝電影。喔！我們運氣不錯！他們今天好像有在拍片！有人看到明星嗎？」

導遊向班尼托揮手。班尼托舉起手，嚴肅地揮一下。觀光客發現那個老人不是明星。很少人揮手回應。

平靜綠色水面的遠處，馬可船長的捕蟹船在布置陷阱線，柴油引擎聲偶爾淹沒了導遊的聲音。

陽台上的恩貝托轉開攝影機上的側面螺絲，再裝回去鎖緊。

「拿掉鏡頭蓋，」菲力克斯從涼爽的室內座位說，「要像真的一樣。」菲力克斯戴著兩百塊錢的太陽眼鏡。

「如果想要的話你也可以買艾斯科巴的房子，」遊艇緩緩通過時導遊說，「只要兩千七百萬美元。呃，再過四棟房子就來到了色情片大亨萊斯利・穆倫斯的豪宅了。有沒有人記得《環遊世界八十招》？諷刺的是他隔壁鄰居是電視布道家兼信仰治療師艾頓・弗里特，他在全國有幾百萬追隨者，都很迷他從棕櫚大教堂轉播的信仰治療秀。」船繼續前進，無趣的聲音逐漸遠去。

地下室的一支鑿岩機震撼了艾斯科巴大宅。陽台上塵土飛揚。蜥蜴紛紛逃進裂縫裡。

老班尼托希望卡莉・摩拉能走出來。當面看著她聽到她的聲音會很愉快。泳池裡的泡沫顯示穿著潛水裝的安東尼奧還在水中尋找漏水處。他的在場更讓班尼托認定卡莉會出來。果然，過了幾分鐘，她穿著寬鬆的醫護袍出來了。

卡莉姐・摩拉拿著兩杯冰涼的薄荷茶，而且把其中一杯給了班尼托（太棒了！）。他聞得到她的香氣，也聞到了茶裡的薄荷味。他舉起帽子。他也聞到自己帽子的臭味，所以趕緊戴回去。

「你好，班尼托先生，」她說。

「謝謝，卡莉小姐。妳今天照例還是這麼好看。」不難理解卡莉的表姊為何能在尼基海灘俱樂部這種等級的場地贏得夏威夷熱帶小姐的選美頭銜，班尼托心想。

要不是手臂上有疤，卡莉也可以參加並且輕鬆勝出。其實那只是清澈的金褐色皮膚上的幾條蛇形線罷了。疤痕比較像異國情調而非畸形。就像蛇形的山洞壁畫。經驗裝飾我們。

卡莉向他微笑；班尼托感覺她看穿了他的心思。她讓他有點喘不過氣，像喝了高酒精含量蘭姆酒，像抽了混合大麻菸。像他的老二四十年前的感覺。

班尼托看著她的臉。「卡莉？」

「是，先生？」

「妳得非常小心這些人。」

她也直視著他。「我知道。謝謝，班尼托先生。」

卡莉來到游泳池邊，思索泡沫的痕跡。她脫掉一隻鞋把腳放在水中的安東尼奧頭上。他浮出來後比平常更激動。安東尼奧穿著他的公司T恤，左耳戴著黑色哥德式十字架耳環。

卡莉把他的那杯茶放在池邊的磁磚上。安東尼奧拉開面罩向她笑笑。「謝謝，美人！！欸，我有事要問妳！猜不到吧？我拿到璜斯在硬石餐廳表演的門票！位子很好！再靠近他就會跌下舞台看著妳了。晚餐加演唱會，怎麼樣？」

他還沒說完她就搖頭。「不要，安東尼奧。很多女人會樂意跟你去。我不行。」

「爲什麼不行？」

「因爲你有老婆了。」

「寶貝，不是那麼回事。只是爲了綠卡。我們根本沒有——」

「老婆就是老婆，安東尼奧。謝謝，但是不用了。」

她在安東尼奧的貪婪注視下走回大宅。

「多謝妳的茶，美人，」他說。

「保持禮貌，安東尼奧，」班尼托從遠處大聲說。他在微笑。「你要說美人公主！」

「請見諒！謝謝，美人公主！」安東尼奧在她背後喊。

她笑了但是沒有回頭看他。

班尼托喝了一大口，把茶杯放在海堤上。

眞令人神清氣爽。**茶也很好喝**。

他背後的泳池中央立著一個〈薩莫色雷斯的勝利女神像〉石膏複製品，沒頭，張開翅膀。某任前屋主以爲他是向羅浮宮買來的。班尼托看著女神像，若有所思。我猜想她的飛行夢是否連頭顱一起失去了，或我還能在熱氣中看見它在脖子殘肢上閃亮，也可能夢想仍在她心中，和我們所有人一樣。或許那是我該避免的老人想法。我猜想卡莉經歷過這麼多事還能否在心中維持夢想。我也見過很多事。我希望她心胸的容量比我還大。

到了下午有輛 Uber 載著卡莉・摩拉和大量雜貨駛進車道。司機幫她卸下塞滿後行李廂的袋子放在草坪上。班尼托趕緊放下鋤頭撿起四個看起來最重的袋子。

「謝謝，班尼托先生，」她說。他們一起穿過房子的側門，走進有隻大鸚鵡關在籠裡的日光浴室。鳥兒爲了吸引注意，倒掛在棲枝上用嘴掀起籠底墊的報紙邊緣，把飼料和飼料殼撒到地上。

班尼托和卡莉把雜貨搬進廚房。廚房裡很吵，噪音從有電動工具運作中的下方傳來。有條紅色延長線從洗衣室蜿蜒穿過地下室的門伸下樓梯。另一條電線插在爐子後方。班尼托很想看看地下室。有些乙炔桶放在廚房牆邊，等著被搬下樓。他在流理台放下四袋雜貨，望著打開的門窺探地下室時，恩貝托走上樓梯進了廚房。

「你在這裡搞什麼？」他說。

「我拿雜貨進來，」班尼托說。

「滾出去。誰也不准進房子裡。」又向卡莉說：「我們交代過妳。沒人可以進來。」

「我只是拿雜貨進來，」班尼托說，「還有別在女士面前爆粗口。如果你拿得動，你可以自己搬進來。」

這麼說不太聰明。有時候只要當下痛快，老人不在乎某些話有多麼愚蠢。班尼托有隻手插在連身服的兜袋裡。

恩貝托不確定班尼托身上藏了什麼。其實，班尼托在胸骨下方帶了一把點四五改裝成點四六羅蘭彈藥版的 1911A1 柯特手槍，是他溺愛的外甥送的，外甥會在牧場上用來打西瓜。班尼托總是上膛隨身攜帶。

恩貝托心想這老頭表情有點瘋狂。

「誰也不准進來，」恩貝托說，「她放你進來可能會被解雇。要我告訴老闆嗎？」

卡莉轉向班尼托。「謝謝，先生，」她說，「沒關係。拜託，剩下的我自己來。」

「不跟你計較，」班尼托面向恩貝托說，離開了廚房。

一大群馬鰺在傍晚湧現發出像火車般的叫聲，沿著班尼托用鋤頭除草的海堤追逐鯔魚。班尼托聞到牠們的氣味，俯身到及腰的海堤上看這些強悍的魚飆過，分叉的尾鰭閃亮，小魚和魚屍碎片滿天亂飛，牠們後方的水域只傳出尿味。班尼托心想，**殺戮和貪吃，跟我們一樣。**

透過鞋跟他感覺到房子地下室裡鑿岩機敲擊的震動。

然後海堤邊顫抖的地面在他的鋤頭下屈服，泥土掉落海中濺起水花。他俯瞰著海堤邊草坪上新挖出的洞。洞的大小大約是他的帽子。草坪底下很多呎看得到黑色水面反射的亮光，在底下海堤內側，黑暗的洞穴中起伏。他退回院子的水泥邊緣處。他聽到底下的水聲，拍打著海堤下。洞穴隨著水面起伏呼吸，吐出腐肉的惡臭。

班尼托抬頭看看高處的陽台上。背對花園的菲力克斯正在訓斥恩貝托。班尼托偷偷從衣服裡掏出手機打開閃光燈。他跪到洞穴旁，以他的年紀算敏捷的動作，向下伸手到洞裡把看不清楚的空間拍了兩張照片，同時別過頭去避開臭味。

菲力克斯還在陽台上講個不停。

班尼托向站在泳池裡的安東尼奧噝聲示意。安東尼奧趕緊放下他的茶爬出水中。

他跟班尼托一起到存放石板與屋瓦片的泳池休息室後方。

「我們拿一塊石板，把它蓋在洞口上，你再回去工作，」班尼托說。

「你要打給馬可嗎？」安東尼奧說。他眺望海灣上的捕蟹船。船員打開了一桶誘餌，海鷗和鵜鶘都追著船跑。

班尼托和安東尼奧抬著一塊石板蓋住洞口。

「留在露台裡，別踏到草坪上，可能還會崩塌，」班尼托說，「你現在最好回泳池裡去。」

老園丁拿了個盆栽放在石板上。他正把泥土撥到周圍時聽到後方的菲力克斯叫他。

「你在搞什麼？」菲力克斯說。

「遮掩坑洞。我們會拿些泥土來填——」

「我看看。打開。」

洞裡面盤根錯節。

「幹，」菲力克斯說。他拿出手機。「幫我去泳池休息室拿個坐墊來。趕快。」

菲力克斯跪在坐墊上保護他的亞麻褲子，把手機伸進洞裡用閃光燈拍了張照片。

「蓋起來把植物放上去，」他說。

「像剛才一樣嗎？」班尼托說。

菲力克斯把手機放回褲袋裡，從口袋拿出另一個昂貴配件，要價四百美元的精緻隱藏式彈簧刀。他彈出刀刃清理指甲，然後舉起刀子，看著班尼托，把刀刃收回握柄裡。他用另一隻手張開折起的百元大鈔。「老頭，別說出去。懂嗎？」

班尼托直視他的臉。他頓了一下才接過錢在手裡揉成一團。「了解，先生。」

「到前院花園去，幫他們一下。」

安東尼奧正從池邊的背包拿出一些追蹤染料時，菲力克斯跟他說，「收拾你的東西，今天的工作結束了。」

「我還沒找到漏水處呢。」

「收拾好東西快走。我需要你回來的時候會打電話。」

安東尼奧等到菲力克斯轉過身才脫掉他的蛙鞋。他的腳底有刺青，是吊在魚鉤上的鈴鐺，還有他的血型。他迅速穿上鞋子。在屋裡，卡莉把白色大鸚鵡放出籠子。

牠站在她手腕上打量她的耳環時門鈴響起。她帶著鸚鵡經過蓋著布的家具和點唱機走到側門。安東尼奧在門口等著。他迅速左顧右盼。

「聽好，卡莉。妳得離開這裡。目前先待在屋裡。別亂看。保持沉默直到他們打發妳走——妳有在聽嗎？如果今天他們沒開除妳，把鳥也帶回家。就說塵土對牠有害。妳在家患了流感，別再回來。」

「媽媽，摸摸看！」鸚鵡說。

菲力克斯匆忙從側門走過來。「我不是叫你快滾嗎，出去。」

安東尼奧頂撞他。「你用那張嘴親你老媽？」

「出去，」菲力克斯大步離去，把玩著他的手機說。

安東尼奧的泳池維修卡車停在園丁的廂型車旁邊。三名園丁正在堆放掉落的棕櫚葉，第四個人推著割草機從車道走過來。安東尼奧把最後一件裝備搬上卡車後廂時，看到卡莉站在房子的大門口。她仍然帶著鸚鵡，向他微笑揮手道別。

菲力克斯在大宅後方往他手機輸入一個電話號碼。

7

漢斯彼得・許奈德和黃眼睛的巴比・喬搭乘巴比的卡車抵達，發現艾斯科巴豪宅的車道被園丁的車子堵住了。巴比・喬載著漢斯彼得壓過草坪和花壇到正門口。

巴比・喬的卡車有加高套件，塑膠鍍鉻的模擬防側傾桿和一對 Truck Nutz 橡膠睪丸掛在拖車掛鉤上（注：馬里蘭州州議員 Leroy E. Myers Jr. 曾經提出法案禁止在汽車上放置猥褻物，引發民眾反彈在車尾掛上裝飾性假睪丸，後來形成風潮）。他的保險桿貼紙寫著：早知道我就自己採收棉花。

菲力克斯在門口迎接他們。他脫下帽子。

「你們好，」菲力克斯說。

「是誰發現的？」許奈德已經走向海邊的花園。天氣熱他穿著亞麻衫，還有搭配錶帶顏色的黑色高級涼鞋。

「割草的老頭。」菲力克斯指指跟其他園丁忙著把工具搬上廂型車的班尼托，「他什麼也不會說出去，我搞定他了。」

漢斯彼得看著班尼托半晌。「洞在哪裡，」他說。

在海堤邊的洞口，菲力克斯和巴比・喬把石板拖開。漢斯彼得退後，揮手驅散面前的臭氣。

菲力克斯給漢斯彼得看他把相機伸進洞裡拍的照片。他把照片傳到了 iPad 裡。

海水從海堤下侵入，在幾乎延伸到大宅的水泥庭院底下侵蝕出一個洞穴。樹根像扭曲的吊燈般懸垂到洞穴中。長滿藤壺的基樁支撐著上面的平台。這時潮汐的高度在水面和洞頂之間留下大約四呎空間。侵蝕作用暴露出庭院底下有半艘沉沒的運沙石鐵殼船，是當年建造邁阿密海灘市挖沙填海用的。

黑暗洞穴的遠端，閃光燈照不亮的地方，洞底沖積形成沙灘。有個比冰箱大的閃亮方塊豎立在洞穴遠端，幾乎被沖到大宅的地基旁。菲力克斯在 iPad 上張開手指，放大照片。方塊旁的海水邊，有顆人類頭骨和一條狗的後半身。

「我們在地下室挖掘了這麼久，大海已經幫我挖好了，」漢斯彼得・許奈德說。「神與我們同在！這可以裝一噸的黃金。有誰知道這個洞穴？」

「沒有，先生。其他園丁都在前院。那老頭是個無知的墨西哥外勞。」

「或許無知的是你——或者誰真正無知呢？我老是記不住英語文法。我以前見過那老傢伙。去找他。打發其餘園丁回家。跟老頭說我們需要他幫忙。就說我們會送他回家。」

海灣上吵鬧的捕蟹船正在收回陷阱繩索，忙著投下重新裝餌的籠子，兩個甲板助手以穩定的節奏大約每隔二十碼把一個陷阱扔出船外。

駕駛室裡的馬可船長把他的望遠鏡鎖定在艾斯科巴豪宅的花園。他看到漢斯彼得和其他人在岸邊的花園裡，也看到菲力克斯和巴比・喬把班尼托帶回去見他們。

「羅德里哥，丟下陷阱繩，」馬可船長用他的下巴示意說，「求救訊號，小子們。發動引擎。如果班尼托被迫跳海我們就衝進去。」

露台上，班尼托站在漢斯彼得面前。「我認得你，」漢斯彼得說。

「老人長得都很像，先生。我不記得你。」

「脫掉上衣。」

班尼托沒有遵命。巴比・喬、恩貝托和菲力克斯合力才把他的胳膊扭到背後，用兩條塑膠束帶綁住他手腕。

「脫掉他的上衣，」漢斯彼得說。

菲力克斯和恩貝托扯掉班尼托的衣服，從他連身服的吊帶底下拉出來。巴比・喬拍拍班尼托的口袋但沒搜索胸前。他戳戳班尼托胸前仍然看得見的模糊刺青。圖案是吊在魚鉤上的鈴噹。

漢斯彼得點頭。「十鈴竊盜學校。」

「我年輕時做了些傻事。你也看到已經褪色了。」

「菲力克斯，他是恩尼斯托老大的人，」漢斯彼得說，「是你雇用的，菲力克斯。你跟巴比・喬帶他出去兜兜風。」

捕蟹船上的馬可船長看到班尼托的上衣被扯掉，也看到巴比・喬的槍。他趕緊掏出手機。

半哩外的街道上開著維修卡車的安東尼奧接了電話。

「安東尼奧，有個許奈德的嘍囉押住了班尼托。我們得救他出來。我要去碼頭掩護他以防他跳下海。」

「我去找他，」安東尼奧說。

安東尼奧猛催這輛老爺車。他距離疲憊的園丁和女佣們等著搭車大老遠回家的公車站不遠。安東尼奧下車，有幾個等車的人叫他名字打招呼。

「免費坐車！」安東尼奧向他們喊，「我在慶祝！我會送你們每個人回家！直達你家！不用錢，免轉車。跟我來！我們在自助餐店暫停。你想吃什麼就吃什麼！加上外帶餐！免費坐到你家門口。途中隨你吃到飽！完全免費！！」

「安東尼奧，你喝醉了嗎？」

「沒有，沒有。我沒喝酒。你們來聞我有沒有酒味。來啊！」

公車乘客們擠進安東尼奧的泳池維修卡車。兩個跟他坐駕駛艙，三個在後面。

「我們要先去接一個人，」安東尼奧說。

卡莉・摩拉拿著一包六捲衛生紙和一些燈泡在屋裡的樓上。每間臥室都亂得像豬窩，浴室地上還有毛巾和一本 Juggs 巨乳色情雜誌。唯一整理過的床上有些猥褻漫畫，五個拆卸的 AK-47 步槍零件到處散落。兩個裝滿的弧形彈匣旁邊有罐潤滑劑灑出來沾到床單。她用兩根手指撿起潤滑劑放到梳妝台上。

她的電話鈴響，是安東尼奧打來。

「卡莉，找掩蔽。準備好逃走。他們用槍押住了班尼托。我要去救他。馬可會來碼頭。」他掛斷了。

卡莉從高處臥室窗戶俯瞰。她看到巴比・喬用手槍槍口戳班尼托。

拍兩下，喀啦兩聲——卡莉把瓦斯導管裝到AK-47上。

她用拇指把擊錘扳下，避開扳機握著槍，槍機和槍機連桿輕易滑入，接著是波浪形的覆進簧和防塵蓋。功能檢查。她插入弧形彈匣，把一發子彈上膛。

四十五秒內槍枝就緒。她回到窗邊。步槍的準星瞄準了巴比・喬後腦的隆起。

庭院大門被打開。

安東尼奧開車進來，同時打給船上的馬可船長，把手機轉成播音模式，把手機放到他胸前口袋。

安東尼奧看到了恩貝托把三塊水泥路障和一些捆包鐵絲放到菲力克斯的卡車貨斗。班尼托跟巴比・喬和菲力克斯站在卡車旁。班尼托雙手在背後，可能被銬住了，安東尼奧心想。安東尼奧駛近。他下了卡車走向老人。

巴比・喬看見安東尼奧的卡車坐滿了人，握住他的槍藏在後腰。

「嘿，班尼托！嘿，先生！我該送你回家的，」安東尼奧說，「抱歉我忘了。」

「我們會送他回家，」菲力克斯說。

安東尼奧的所有乘客都在看。

「不行，先生，」安東尼奧大聲說，「我答應過盧姵會把他清醒地送回家吃晚飯。」

卡車上的人群發出笑聲。其中有幾個人很困惑，相當確定盧姵已經死了很多年。

「要是我沒帶他回家她會宰了我。」安東尼奧轉向他的乘客，「她會宰了我對吧？」

「對，」車上的幾個人說，「當然。肯定會。盧姵會宰了你，就像她修理其他給她老公機會喝酒的人。」

巴比・喬走到安東尼奧身邊低聲說，「快給我滾。」

「口臭鬼，在陪審團面前開槍打我啊，」安東尼奧輕聲說。

漢斯彼得・許奈德走出大門台階。巴比・喬和菲力克斯看向他。許奈德向他們稍微搖搖頭。菲力克斯悄悄走到班尼托背後割斷束帶。漢斯彼得・許奈德走下台階給了班尼托一大捲鈔票。

「我們兩星期後會需要你，懂嗎？我會再給你這樣一捲。我們沒有理由不能合作。」

班尼托在卡車貨斗找到位子時，乘客們大發牢騷和推擠。

安東尼奧低頭向口袋裡的手機跟馬可交談。「卡莉在哪裡？」

「我找到她了。她會從後面出來，我會在碼頭接她。走吧！」馬可說。

安東尼奧往大門倒車。漢斯彼得伸出雙手，翻過手掌朝向他的手下。

「讓他們走，」漢斯彼得說。

卡莉拿著步槍跑下彎曲的樓梯。她沒遇到任何人。她把鳥兒抓出籠子放在自己肩上。「你最好抓穩。別碰我的耳環，」她說，倒退著越過後院前往捕蟹船等候的碼頭，船首擠壓力大到讓碼頭搖晃。

她把步槍遞給在船頭的馬可，跳上甲板，鳥兒拍動翅膀。捕蟹船猛力倒退，持槍的馬可盯著空白的房子後窗，誰也沒看見。

安東尼奧開車離開大宅，滿載的卡車離開後鐵門關上。

「你的上衣太丟臉了，」坐在備胎上的男子向班尼托說，「自助餐店絕對不會放你進去。」

8

馬可船長陪班尼托和安東尼奧坐在開放式小屋下。高處單獨一盞探照燈往下照亮了船塢。下雨五分鐘他們就聞到地面潮濕的氣味。從屋頂排下的水流在泥土上畫出一條線。

「你想菲力克斯是雙面諜嗎？」馬可船長說。

班尼托聳肩。「有可能。他大可以像個男人要我閉嘴，付我一大筆錢——但他非給我看刀子不可。我想他的刀子可以裝進他的屁眼裡，但是很鬆，還有空間裝他的墨鏡。」

「說到洞，庭院底下這個一路延伸到帕布羅的房子底下嗎？」馬可船長說。

「我不知道，但是洞很深。大海挖掘了聯邦調查局沒挖的地方。你可以聽到它的起伏聲，它在海堤底下可以通到海灣去。」

大型飛蛾群圍繞著他們上方一顆裸露燈泡飛舞。有一隻停在安東尼奧頭上。它用腳搔癢他的額頭，他揮揮手趕走它。

馬可船長倒了一小杯蘭姆酒，往杯裡擠了些萊姆汁。

「他們佔據這房子多久了？」

「鐵門上貼著三十天的拍片許可證，」安東尼奧說，「申請人是史穆特製作公司的亞歷山大・史穆特。」

班尼托在他的杯緣揉揉萊姆。那是 Flor de Caña 十八年蘭姆酒，味道讓他開心地暫時閉上眼睛，回想幾個月前從盧姵嘴上品嚐的感覺，彷彿她此刻就在這裡。

男士們看到卡莉・摩拉走出船塢辦公室，班尼托也給她倒了杯酒，安東尼奧去拿另一張藤椅放到桌邊。鳥兒還停在她肩上。白色大鸚鵡爬下來站到椅背上。她從桌上的碗裡拿了顆葡萄餵牠。

「媽媽，摸摸看！」鸚鵡說，令人想起先前牠坎坷生活中的場景。

「噓，」她說，再給鳥兒一顆葡萄。

「卡莉，妳得遠離那個地方，」班尼托說，「漢斯彼得會把妳賣掉，妳知道嗎？他絕不會相信妳跟我們不是一夥的。」

「我知道。」

「除了那棟房子，他知道妳住哪裡嗎？」

「不知道，菲力克斯也是。」班尼托說。

「妳需要地方住嗎？」安東尼奧趕緊說。

「我有客房，」安東尼奧趕緊說。

「我沒事。我有地方，」她說。

馬可船長拍拍桌上的建築藍圖。

「卡莉，妳知道這是怎麼回事嗎？」

「他們在牆壁打了些洞，也在破壞地下室尋找東西，」她說，「不難想像是什麼。顯然你們也在找。」

「妳知道我們是誰嗎？」

「有可能。對我來說你們是我朋友班尼托先生、安東尼奧和馬可船長。我只想知道這樣。」

「妳可以加入也可以退出，」馬可船長說。

「我退出，但我希望你們贏，」卡莉說，「或許我可以告訴你們我知道的小部分，或許你們別告訴我必須保守的秘密。」

「妳在屋裡看到了什麼？」

「漢斯彼得‧許奈德跟他稱作黑素斯的人通電話發生過兩次對罵。他用預付電話卡打到哥倫比亞。大吵大鬧。他一直問，『東西在哪裡？』他們從閣樓往下用金屬探測器掃過。地基裡很多鋼筋，他們鑽了一兩次。他們有台大型磁性電鑽，大概八十磅重，還有兩台氣動鑿岩機。」

「他們亂拆房子妳作何感想？」

「菲力克斯說別擔心，那是他身爲出租仲介的責任。我說白紙黑字寫下來。他拒絕。那個許奈德炫耀了一些錢。對我來說，相當多錢。」

「他有付妳錢嗎？」

「喔，沒有。他只是到處揮舞，給我買雜貨的錢。我有個菲力克斯傳的新簡訊。他說：老闆不希望妳待下去，但妳可以來領薪水。或者妳給我們地址我們寄過去，或我有空時約時間當面交給妳……。才怪，我不會上當。」

「有人看到妳離開房子嗎？」

「我想沒有，但是不確定。我想他們都在前院裡。」

「他們沒搜出那把槍，」馬可說，「或許他們會再看到。」

「我馬上走，」卡莉說。

安東尼奧迅速起身。「再等一下，卡莉，我們會送妳去可能會住也可能不會的任何地方，我們不必知道。」

「外面碼頭上有個舒服的座位，」馬可說。

安東尼奧拿走她的酒杯走回桌邊。

「現在許奈德一定很小心，」馬可船長說，「聯邦人員要是看到他在邁阿密海灘挖掘，他們會瘋狂地盯上他。」

馬可在桌面攤開幾張建築藍圖，用酒瓶和一顆椰子壓住。

「帕布羅的律師多年前在建造庭院時向市政府提出了這些圖來申請建照，」船長說，「你看，是在水泥碼頭上。所以海水在底下掏空才沒有崩塌。你們看到菲力克斯拍的照片沒有？」

「只從他背後偷看到，」班尼托說，「他膽小一直貼著胸口拿。我瞄到一眼。

摺疊式手機還能指望什麼？」

「你看到的箱子有多大？」

老園丁用粗短的手指指著建築藍圖。「那個箱子大約在這裡。那張昏暗照片裡我只有旁邊的頭骨當比例參考。箱子比大型冰箱還大。像卡薩布蘭加魚市場那種大型製冰機。」

「洞穴那麼大，海堤底下的破洞可能也很大，」安東尼奧說。

「大到可以拖出一台大型製冰機？」船長說。

「納丘・涅普里可以從他的駁船用大絞盤幫忙，」安東尼奧說，「他用絞盤和起重機搬動過比那更大塊的拋石。只要我們能請得動他。」

「我們必須看看海堤下的破洞。漲潮的時候裡面會有多少水？」船長說。

「沿著那一帶，八呎深，」安東尼奧說，「我可以從海灣方向在水底下查看。」

「你要從捕蟹船下去嗎？」

「不用，我可以進去街上我負責泳池的一戶人家。我寧可從那裏沿著海堤走。」

「明天日落前半小時開始退潮，」馬可說，「氣象預報是晴天。他們面前會有海灣發出的強烈眩光，很可能海面上會布滿雜草。別進洞裡去，安東尼奧。只要從草坪底下溜進去看一眼。你有氧氣筒嗎？」

安東尼奧點頭，起身準備離去。

老園丁向他舉杯。「安東尼奧，今天謝謝你的便車。」

「沒什麼啦，」安東尼奧說。

「不過我想我在自助餐店的帳單對卡車上那些人太寬容了，」班尼托說，「塡飽肚子之後，他們還不要臉地點外帶，加上三瓶軟性飲料。安東尼奧……聽我說，小子：現在你得注意。巴比・喬會找你。」

「如果巴比・喬很倒楣，他就會找到我，」安東尼奧說。

馬可船長回到他在船塢附近的小套房。

班尼托發動他的舊貨車，喀啦喀啦地開回家。他們在焚化爐留下了火焰，爐門開著讓火光透出來。

¶

盧姵在班尼托家等他，在班尼托家後方她開闢的小花園裡。他感覺有她在很溫暖又親近，就像螢火蟲在白花上閃爍，在月光下發亮。班尼托給自己倒了杯 Flor de Caña，也給她倒了一杯。他跟盧姵坐在花園裡，自己把兩杯都喝掉。光是在一起就夠了。

¶

卡莉和安東尼奧在船塢碼頭坐在一張舊車座椅上仰望天空。水面上傳來遠方音樂的低沉悶響。

「妳想要什麼？」安東尼奧說，「想要擁有什麼？」

「我想住在屬於我的地方，」卡莉說，咬咬萊姆片再把它丟回酒裡。「用手摸到的每個地方都很乾淨。而且可以赤腳走來走去，地板觸感很舒服的房子。」

「一個人住嗎？」

她聳肩點點頭。「如果我表姊也有好地方住，還有她媽媽幫忙的話。我想要自己的房子。關上門就是甜美的寧靜，自己獨享。你可以聽到屋頂的雨聲，知道它不會滴漏在屋裡的床腳，而是流到花園去。」

「現在就是。」

「最好是啦？我想要有個小地方種東西。出去採些綠色蔬菜煮來吃。用香蕉葉蒸個鯛魚。我想要時可以在廚房大聲放音樂，或許做菜時喝杯酒，在爐子前面跳舞。」

「男人呢？妳想要男人嗎？」

「我想要有大門。然後或許我會邀人來。」

「假設我出現在門口台階敲門。呃，妳知道的，單身漢安東尼奧來了。」

「安東尼奧，到時候你會變成單身漢安東尼奧嗎？」蘭姆酒挺好喝的。

「不，我不會變成單身漢安東尼奧。現在不行。要是我這麼做，有人必須離開美國。我不能這樣。我在陸戰隊服役才拿到公民權。她已經不能像我這麼做了。她必須等。她是朋友，所以我陪她等。她哥哥在軍中是我同袍。我們失去他了。」安東尼奧拍拍他手臂上的地球船錨刺青。「永遠忠誠（注：Semper Fi，美國陸戰隊的口號）。」

「永遠忠誠很不錯。但那只是你的刺青之一。」

「十鈴學校？當時我還小。那是不同類型的學校。不同的技能。我不必在妳面前找藉口。」

「沒錯。」

「這麼說吧，等我的事情上軌道之後，像是，追求妳？我會火熱到把妳家的台階燒掉。」

河流上只有電視光亮的陰暗船隻飄來音樂。現在是羅德里哥・阿瑪蘭特怪異又美妙的《毒梟》影集主題曲。音樂越過水面傳來，他們聽到比較多康加鼓而非旋律。

安東尼奧自認他的歌喉挺好的。他直視著她的眼睛跟著唱。

我是燃燒妳皮膚的火焰，
我是消除妳飢渴的水……
我是城堡高塔，
守護流動泉水的寶劍。

有一瞬間船隻汽笛聲淹沒了他的聲音。

妳是我呼吸的空氣
和海面上的月光。

雲朵從月亮下方飄過，把流動的河面染成塊狀的黑灰和銀色。一時之間河水看起來很容易涉水走過。

火焰上方飛出一些火花。

卡莉起身親一下安東尼奧頭頂。他太晚抬起頭面對她。

「我得回家了，單身漢安東尼奧，」她說。

9

卡莉在邁阿密僅有的親人是她的老姨媽潔絲敏、表姊胡麗葉塔，和胡麗葉塔的小孩。

如果卡莉沒有看守房屋的差事，她會跟他們住在邁阿密的克勞德佩柏路附近一處公營住宅。胡麗葉塔的老公按照指示自願去登記時被移民局抓了。目前他因爲開芭樂支票在克洛姆拘留中心等候遣返。

如同許多徒步抵達美國的邁阿密人，卡莉不談自己的私事。只有馬可和安東尼奧知道她有表姊，或胡麗葉塔住哪裡。

深夜時她用自己的鑰匙開門從大樓後門進去。卡莉的姨媽、表姊和小孩都睡了。她先查看床上的潔絲敏姨媽，床單上瘦小褐色的身影。她望著姨媽的睡臉。潔絲敏睜開眼，深邃的大瞳孔看著卡莉。卡莉感覺被她的目光吞噬。她看得出姨媽的五官和她母親隱約相似，她有時候看雲也會發現相似形狀。她感覺潔絲敏想要告訴她一個秘密，努力回想某件重要的事情要跟她說，只有老人了解的事，不過卡莉很清楚那副軀體裡面沒有靈魂。

卡莉手上有槍械氣味。她用萊姆汁和肥皂搓洗之後坐到熟睡的嬰兒旁邊，聆聽她的呼吸。卡莉很久沒聞到槍械油或嚐到戰爭的銅金屬味道了，好像在舌頭底下放了枚硬幣……

¶

十一歲那年，卡莉被槍手拉伕帶離她的村子，強迫加入哥倫比亞革命武裝部隊（注：Fuenza Armadas Revolucionarias de Colombia, FARC）。FARC把她當成士兵訓練，拍她的照片當作新哥倫比亞的娃娃兵代表。他們在她的上臂植入調節抑制避孕劑，以她最好用的方式利用她——她很敏捷靈巧又堅強。卡莉在卡克塔省森林深處的游擊隊營區是娃娃兵的一員。

他們起初把它弄成像小孩專用的夏令營。軍官告訴兒童如果他們不喜歡軍隊，兩週之後就能回家。但其實他們永遠回不了家。

孩子們沒受訓的時候會一起玩。很多人出身破碎家庭，很慶幸有人關心他們。空襲停止後營區裡晚上會有跳舞活動。沒人反對青少年之間的性行爲，但是禁止懷孕和結婚。懷孕要強制墮胎。軍官教導說他們已經跟革命結婚了。

音樂和彩色光線似乎對許多小孩有魔力，尤其他們出身偏遠村落。

然後，過了一個月，在夜間的森林派對中，有對男女企圖逃走。他們十三歲，這是第二次了。哨兵逮到他們在卡克塔河的淺灘涉水離開。瞭望台用探照燈光把他們鎖在原地，向營地通報。每個人都到河岸去集合。

指揮官即席演講，燈光在他的小圓眼鏡上閃爍。最近有好幾次逃兵，非阻止不可。兩個年輕人在強光中戰慄，雙腿直抖，衣服全濕，雙手被用白色束帶綁在背後。女孩潮濕緊貼在身上的衣服顯示出腹部的隆起。他們攜帶的一包糧食掉在腳邊。這對男女雙手被綁，無法互相擁抱。他們緊挨著站立，頭側貼在一起。

指揮官說逃兵實在大錯特錯。他們該受懲罰嗎？「審判他們，」他說，「他們該受懲罰嗎？他們拋棄你們，拿走你們的食物。如果你認爲他們該受懲罰就舉手。」

所有成人和大多數娃娃兵認爲是，他們該受懲罰。卡莉跟其他人一樣舉了小手。對，他們該受懲罰。或許打屁股？甚至沒早餐吃？跟卡莉去廚房打雜？指揮官揮手示意。衛兵把這對男女推進淺灘射殺他們。起初衛兵似乎猶豫不願開槍。沒人想開第一槍。指揮官大罵。一槍，兩槍，接著很多槍。他們正面仆倒，翻身仰躺，再度俯臥，鮮血染紅了河水，漂浮著緩緩流走。女孩的屍體被樹根卡住，有個衛兵用腳把她推開。白色束帶的末端從他們細小的手腕突出水面。他們並排俯臥著漂走，水中的血跡好像絲巾圍繞著他們。卡莉哭了。大多數小孩也慘叫哭泣。他們聽見營地傳來的收音機仍在播放舞曲。

死去兒童的手腕好小。束帶的末端從他們細小的手腕突出好長一截。每當卡莉聽到「恐怖」這個字眼，心中就浮現這個畫面。

到處都有束帶，有一陣子那是游擊隊和敵方民兵組織共同的流行：軍用腰帶上總掛著一捲束帶準備綑綁囚犯。束帶不會腐壞，而且在叢林地面上看起來比骸骨更白皙。在樹叢裡遇到屍體，令卡莉反胃的不是腐爛的臉孔，或塡飽肚子吃力地逃走的禿鷹。是綁住手腕的鮮明束帶。游擊隊用它來訓練——如何用單手固定束帶綁住囚犯，如何弄斷束帶逃走，如何用鞋帶切斷它。卡莉的惡夢中經常出現綑綁的手腕。

但今晚沒有，邁阿密的今晚沒有，她坐在表姊家中嬰兒旁邊的椅子上。她從窗戶看到班尼托手腕上的束帶被割斷，看到老人活著離開。

她沒想到其他事情。她聽著嬰兒的呼吸緩緩進入夢鄉。

10

哥倫比亞，巴蘭基亞

躺著黑素斯・維拉利爾的慈悲天使診所，是位於擁擠的市場街上一家窮人醫院。

中午時分有輛黑色路華越野車停在醫院門口。街上人潮和攤販的推車在汽車周圍鑽動，也有攤販爲了爭奪空間吵架推擠。

體型高大、打扮浮誇的伊西卓・戈梅茲走出前座。他光是抬起下巴，就在人行道旁清出空間停車。戈梅茲打開後門，他的老闆走下車。

恩尼斯托・伊巴拉老大現年四十四歲，八卦小報稱之爲「不沾鍋老大」，中等身高，穿著印花亞麻叢林夾克。

醫院裡的某些病人立刻認出恩尼斯托老大，在他和戈梅茲經過破舊的一樓病房，走過磨損的油毯地面和用布幕隔開的病床時大聲叫他名字。

黑素斯・維拉利爾的病房是病房區盡頭的兩間單人病房之一。戈梅茲沒敲門直接進去。一分鐘後他又出來，用殺菌手帕搓揉雙手。他向恩尼斯托老大點點頭，老大走了進去。

黑素斯・維拉利爾躺在床上，像個萎靡老人，被活捉在周圍鐵欄和管線的陷阱中。他拉開自己臉上的氧氣面罩。

「你總是很小心，恩尼斯托老大，」黑素斯・維拉利爾說，「現在你連垂死的人也搜？你派這個大塊頭來搜身病人？」

老大向他微笑。「你在卡利對我開過槍。」

「那只是公事，你也開槍反擊了，」黑素斯說。

「我仍然把你當危險人物，黑素斯。就當是誇獎吧。我們可以發展友誼。」

「你是教育家，恩尼斯托老大，是學者。你教導更好的偷竊方法。但他們在十鈴學校可不教友誼。」

恩尼斯托老大觀察萎靡在醫院病床上的黑素斯。恩尼斯托老大看著這個老人，像烏鴉檢查掉在地上的莓果般歪脖子轉頭。

「你來日無多了，黑素斯。你打給我，我來是因爲我尊重你。你是帕布羅的副手，從未出賣他，但他什麼也沒留給你。我們來善用你有的時間像男子漢一樣談談吧。」

老人從面罩吸了幾口氧氣補充他鼻子裡氧氣管的不足。他斷斷續續地說。

「一九八九年我用拖網漁船秘密幫帕布羅帶黃金到邁阿密。半噸黃金蓋上漁獲掩護——有些石斑魚和很多羊鯛。三十根標準交割金條，每條重四百金衡盎司，有鑄造編號。也有扁平型的金條二十五公斤，但是是伊尼里達礦坑產的金銀合金。還有一大袋每條一百一十七公克的托拉金條，我不曉得有幾條。」黑素斯休息片刻，喘氣。「一千磅的黃金。我可以告訴你在哪裡。你知道一千磅黃金值多少嗎？」

「大約兩千五百萬美元。」

「你會分我什麼？」

「你想要什麼？」

「現金和保證艾垂安娜母子的安全。」

恩尼斯托老大點頭。「了解。你知道我說話算話。」

「恕我直言，恩尼斯托老大，我的原則是拿錢自理。」

「我同樣禮貌地問你，除了漢斯彼得・許奈德你還跟誰透露過這件事。」

「我們玩勾心鬥角已經太遲了，」黑素斯說，「他找到了裝黃金的地窖。除非我透露方法，他無法活著打開。或許漢斯彼得・許奈德會想要把整個地窖搬到偏遠地方去。」

「他搬動不會喪命嗎？」

「或許不會。」

「是用水銀開關嗎？如果移動就會爆炸？」

黑素斯・維拉利爾只嘟起嘴唇。他的嘴唇感到龜裂又疼痛。

「你可以告訴我怎麼打開，」恩尼斯托老大說。

「對。我先告訴你困難所在，等你帶著現金回來，我們再討論怎麼解決。」

11

風勢夾帶的非洲沙塵把邁阿密的清晨染成了粉紅色。比斯坎灣遠方的岸上，太陽從海中升起時窗戶閃耀著橘色光芒。

漢斯彼得・許奈德和菲力克斯站在艾斯科巴豪宅庭院草坪的坑洞旁。

恩貝托用鋤頭和鏟子把洞挖大了。下方的黑暗中傳出吸吮的噪音。隨著海水透過海堤下的破洞起伏進入他們腳下的洞穴，洞口吐出惡臭的空氣。他們轉頭避開臭味。

巴比・喬和馬泰歐從泳池休息室拿出一些裝備。

一群鵜鶘呈梯形狀飛過，前往魚群位置。

「我怎麼知道黑素斯跟恩尼斯托老大說了什麼？」許奈德說，「我們可以從正面，或從背面拿出來，我不在乎。羅德代堡那個傢伙怎麼樣？」

「克萊德・哈波，工程師，」菲力克斯說，「他有裝備。他會跟我們碰面想辦法。他想要在船上會合。」

「他的號碼有存在這支手機嗎？」漢斯彼得說。他用從菲力克斯車子後車廂拿出來的藍色拋棄式手機拍拍手掌。

「那是啥？我不知道，」菲力克斯說。他舔舔嘴唇。

「是你車子行李廂拿出來的手機。告訴我開機密碼，否則巴比・喬會射穿你的腦袋。」

「星號六九六九。只是爲了瞞著老婆跟女朋友講話——你懂的。」

漢斯彼得嘟起嘴唇同時輸入手機密碼確認。他可以晚點再檢查內容。

「好啦好啦，」漢斯彼得說，「好啦好啦。或許我們不必把這該死的玩意拖出來。或許我們可以從背後把它弄開。我們要進洞穴裡去看看。」

「誰要進去？」菲力克斯說。

站在菲力克斯背後的是巴比・喬和馬泰歐。恩貝托跟他們在一起，拿著一副吊帶。

吊帶連接的繩子穿過洞口上方海葡萄樹一根粗枝上的滑輪，接到絞盤上，那是手動操作的棺材舉升工具。

巴比・喬拿起吊帶。

「穿上，」許奈德命令菲力克斯。

「我不是來幹這種事的，」菲力克斯說，「我出了什麼事，你會被我公司找麻煩。」

「我叫你做什麼你就他媽的給我照做，」許奈德說，「你以為你是公司裡唯一跟我伸手要錢的人？」

巴比・喬把菲力克斯穿上吊帶勾到繩索上。菲力克斯吻一下他戴在脖子上的勳章。漢斯彼得站到菲力克斯面前，在面罩遮住他的臉之前愉快地欣賞一下菲力克斯的恐懼。

那是兩頰有兩個活性碳大濾罐的防毒面罩，頭盔上有攝影機和礦工頭燈。他的吊帶上裝了一支大手電筒和一個大槍套。菲力克斯也戴上麥克風傳輸音訊。隔著面罩的濾罐，他很難吸到足夠的空氣。

鳥群飛過天空，是烏鴉在圍攻一隻老鷹。菲力克斯抬頭看，心想我喜歡天空。以前他從未想過。他感覺雙腿發軟。「給我一把槍，」他說。

巴比・喬拿一把大左輪槍放進槍套，把蓋子扣上。「到達地底之前別摸槍，」他說。

他們把菲力克斯垂降到洞穴裡。他雙腿感覺到地下空氣的溫熱。他吊在繩索上有點暈眩。

他的頭一進入地下就很難看清楚東西。從洞口照下來的光線在粗糙水泥海堤上反射得很少。隨著空間擴張，陰暗變成漆黑。水面到洞頂的距離因爲水面起伏，從六呎到四呎不等。菲力克斯沉入及腰的水中時，雙腳踏到了水底。水面在他的臀部到胸部之間反覆起伏。海葡萄樹的蛇形樹根從洞頂穿出來，硬到無法扳開。菲力克斯的燈光從水面反射照出巨大的樹根影子。他看得到頭頂上零星的庭院底側水泥和黏附的泥土。

漢斯彼得・許奈德用筆電監看，喇叭發出菲力克斯的微弱聲音。

「洞底挺平坦的，我可以行走。水淹到我的胸口。幹——有半條狗的屍體！」

「你幹得不錯，菲力克斯。去看那個該死的方塊，」許奈德說，「快點。」

菲力克斯緩緩向洞穴後方移動。在他周圍支撐庭院的基樁好像淹水神殿的柱子。他在冒汗。他頭上的燈照到了淺岸，反射出金屬光芒。他的大手電筒發現淺岸上散落著骸骨，還有顆人類頭骨。那個方塊確實很大。

「是個箱子，高度大於寬度。菱形花紋鋼板，好像防滑地板。邊緣是焊接的。」

「有多大？」許奈德說。

「冰箱大小，但是更大，像雜貨店的冰箱。」

「有沒有扣環？或握把？」

「我看不到。」

「那就靠近去看清楚。」

菲力克斯背後有冒泡聲。他轉向聲音來源，看到同心圓狀的幾排小泡沫呈棺材形升起。

菲力克斯匆忙爬上沙岸。

「沒有握把，沒有扣環，沒有門，沒有蓋子。我看不到全貌，有些部分被土包住了。」

又有冒泡聲，菲力克斯把燈光轉向聲音。黑暗的水中有一對眼睛反映出紅光。他往眼睛開槍，它消失了。

「我要出去，我要出去。」他迅速涉水退到洞頂的破口下方。「拉我上去！拉我上去！」

絞盤轉動，他面前的繩索在動，繩索離開水中，滴著水。絞盤收回了鬆弛部分，菲力克斯開始上升時，一個猛烈力量把他拉向側邊，他掉回水裡，手電筒脫手飛掉，手槍走火往洞頂開了一槍。

上方庭院裡的絞盤向後轉動，握柄敲打著巴比・喬的雙手和手臂，飛快地吐出繩索，繩索迅速溜下洞口。

洞穴中，繩索滑出海堤下的破洞，繃緊，抖出幾滴水。然後鬆弛落到洞穴的地面。

「把他拉起來！」許奈德大叫。

許奈德看著筆電，透過菲力克斯頭上的攝影機看見海床從他底下通過，頭燈的光束沿著海底彈跳。馬泰歐和恩貝托操作絞盤，把吊帶拉上來。

從洞口出來的只有菲力克斯的下半身，下半軀幹和雙腿上掛著幾圈粉紅色和灰色的腸子。

遠處的海灣上，菲力克斯的手冒出水面，劃過水面激起波浪，直到被拉下去消失無蹤。

眾人沉默片刻。

「那他媽的是我的槍耶，」巴比・喬說。

恩貝托試戴菲力克斯的帽子和墨鏡。「房子怎麼辦？」恩貝托說。

漢斯彼得從恩貝托那拿回墨鏡。「菲力克斯的公司有人喜歡這副眼鏡，」他說，「帽子你可以留著。」

12

一大清早卡莉在磨紅蘿蔔泥，要給胡麗葉塔做莎莎辣醬在農民市場賣。

白色大鸚鵡在棲枝上咕噥，對鄰居的雞叫聲很不悅。

「吸我的卵蛋，」牠說。

胡麗葉塔像卡莉一樣有家庭醫護助理執照——現在她母親沒有健保生病在家，成了好用的技能。

他們用他們照顧到臨終的老人病患家屬送的大型北方家具裝潢胡麗葉塔的小公寓。病患家屬都很喜歡這兩個女孩；她們開朗，強壯得可以抬起病患，而且看到任何狀況都面不改色。家具很舒適，但她們在小公寓裡必須繞來繞去。

客廳牆上有張一九五八年辦在台拉維夫的演唱會的漂亮海報，走廊上有張胡麗葉塔身穿比基尼，被加冕爲夏威夷熱帶小姐的照片。

胡麗葉塔在嬰兒哭聲中從後方臥室喊卡莉。「卡莉，妳可以熱一瓶牛奶嗎？」

卡莉的手機響起。她在圍裙上擦乾手再從皮包撈出手機。是安東尼奧打來。

他在他的卡車上。「卡莉，聽好。妳今天想賺四百塊錢嗎？」他暫時把手機從耳邊拿開。「什麼？再說一遍，小姐，這可不是亂搞。完全合法的生意。妳知道我是說話算話的人。我需要妳幫我，卡莉。今天傍晚我要去勘查——妳知道的，我會去看看。來幫忙。」

13

既然下午有賺錢的差事做，卡莉揮霍了一下：不搭公車改叫 UberX 去北邁阿密海灘，花了九塊兩毛一。

那棟房子在蛇溪運河附近、中產階級靠血汗賺來的整齊小房子社區裡。大多數家庭設法在他們庭院裡種棵芒果或木瓜樹，也可能是梅爾檸檬樹。

這是唯一維護欠佳的房子，是銀行收回的抵押房屋，屋主三更半夜被移民局拖出來遞解出境。空置了五年。爭奪產權的兩邊都阻止對方整修。它的後院有自己的芒果樹，但是長得不好，亟需修剪與施肥。

卡莉幾個月前發現這棟房子，抄下了前院告示板上的資料。她初次看房是由一個漠不關心的銀行員陪同。他讓她進屋之後就留在車子上等候，喝著 TruMoo 牛奶用蒼白的手指敲打方向盤。他已經告訴他上司說卡莉「比中國人還不可能申請到房貸」。他按喇叭催促她。

這次卡莉獨自來看房。

她帶了些家得寶買來的果樹肥料。側面庭院的門鉸鍊鬆脫了沒有上鎖。她把門推開。卡莉坐到空屋後花園的長草堆裡一個塑膠牛奶箱上，望著芒果樹。她把手放到樹上。微風吹動卡莉的頭髮向芒果低語。她灑下肥料，小心不沾到樹幹上。芒果樹不喜歡樹幹上有肥料。

住隔壁的婦人聽到推門的軋聲，透個圍籬低處的小洞觀察卡莉。她看到卡莉給芒果樹施肥之後表情放鬆。婦人走過來告訴卡莉如果想看看閣樓裡面可以借梯子給她。卡莉走進屋裡。

陽光從屋頂的一個破洞照進臥室來。第二臥室只油漆了一半，一面牆完成另一面牆逐漸枯竭，痕跡延伸到地上棄置的僵硬油漆刷，油漆工還留下喝光的啤酒瓶。空瓶躺在油漆刷旁蓬亂捲曲的地毯上。房子的磁磚地板還不錯。

有些輕微的破壞——內牆上在小孩眼睛的高度塗鴉寫著「奧格維去吃屎吧」，附帶一幅猥褻圖，主角應該就是招風耳的奧格維，但是地上沒有裝毒品的小瓶或食物包裝紙。漏雨的牆板後方傳出發霉氣味。馬桶的底座有點不穩。

卡莉心想這房子太棒了。

但是閣樓不太妙。有些桁架腐爛了。廚房上方的閣樓角落有個用草和隔熱材料編織的鳥巢。卡莉跪在橫樑上查看被拋棄的鳥巢。是老鼠嗎？不對，是負鼠——毫無疑問。除了正式出入口，巢型的側面有典型的緊急逃離口。卡莉以前在糧食用光時做過負鼠湯。她在叢林裡被迫學習過做野鼠湯當作嚴重咳嗽的藥方，但發現食譜改用負鼠味道大致也一樣，同樣沒有醫療效果。卡莉早就知道怎麼做很多東西。她沒有更換屋樑和鋪設屋瓦的經驗，但她知道自己可以學會。

太陽雨出現，猛烈地敲打房子，跪在屋樑上時，她頭上不遠的屋頂發出鼓聲和劈啪聲。雨從屋頂破洞灑進來，像明亮陽光下一根閃亮的柱子向下穿過屋內。她把手伸進雨中彷彿這樣可以阻止雨落進屋裡。陣雨幾分鐘就結束了。卡莉走到戶外冒蒸氣的土地上，希望看到彩虹。果然有一道。

鄰居婦人又矮又皺。她名叫泰瑞莎，從西屬加納利群島的戈梅拉島搬來美國時就已經很老了。她爲了節省手機話費，跟兩條街外的姊妹聯絡都用口哨語。泰瑞莎給了卡莉兩顆自家樹上採的芒果。她用 Sabor Tropical 超市的鮮橘色提袋裝著。

泰瑞莎不等問起就解釋說，在鄰居之間普列托芒果最受古巴裔的家庭歡迎，像是瓦加斯家，他們兒子在上牙醫學校。法蘭西斯夫人芒果較受海地人喜愛，像是轉角的圖桑特家，他們女兒剛進法學院。尼蘭芒果則受到住在街尾的維德亞帕提家喜愛，一個來自印度、開彩劵行的印度教家庭，他們兒子在密西根大學上醫學院，她講個不停。牙買加人極端堅持己見，嘲笑所有人而偏好茱莉芒果。他們姓希金斯，女兒在當藥劑師。華裔的意見分歧，在一百六十三街的廣東咖啡廳採用了各種芒果還混合荔枝樹。他們的兒子威爾登・榮被老人當作笨蛋，因爲他到哪裡都不停唱歌，在業餘者之夜以饒舌歌手「愛情瓊斯」藝名表演。但是威爾登（愛情瓊斯）開了自己的大力水手炸雞店（注：Popeyes，美國炸雞連鎖店）之後在家中地位迅速上升，儘管鄰居都用邁阿密腔念成「波派耶茲」。

他們聽到遠方傳來一陣細小清澈的口哨聲。持續了幾秒鐘，起伏不定。

「不好意思，」鄰居說，「有人問我有沒有吸塵器的集塵袋！」

她把兩根手指插進嘴裡吹了個響亮的片語，卡莉嚇得退後。

「我好像說過我有，」矮婦人說，「她老是借我的吸塵器袋子。我建議她去沃爾瑪買，他們有打折。妳想要這棟房子嗎？我會爲妳禱告。我可以從圍籬上的破洞幫妳的芒果樹澆水。」

14

日落前半小時安東尼奧的泳池維修車停進距離艾斯科巴豪宅一個半街區的車道上。開車的是卡莉・摩拉。

「我每星期幫這些人打掃泳池，」安東尼奧說，「他們要到九月底才會回來邁阿密海灘。」

他下車去輸入大門密碼。

大門開得好慢，卡莉心想。她想問安東尼奧密碼以備她必須獨自開門。但又不太想問。

他看出了她的臉色。「從裡面開車接近時它也會打開。」他揮手叫她進去。她在庭院把卡車掉頭面向大門。

「在這兒等到妳看到我，或我打電話給妳。」

她下了卡車跟他站在一起。「萬一你出問題呢？我可以幫忙，」她說，「我可以跟你一起游。我們可以把手槍放在防水袋裡，我從隔壁的碼頭底下掩護你。萬一他們發現你，我可以讓他們遠離海堤。」

「不用，」安東尼奧說，「多謝，卡莉，是我邀妳來幫忙——但我們照我的方式來，好嗎？」

「安東尼奧，有我掩護你會比較好。」

「卡莉，妳要照我的方式來，或是想回家？只管想妳的事，我會想我的事。待在車子上。聽好了——如果我必須從街上另一頭浮出水面，我會打給妳。」他舉起防水袋裡的手機。「要是街上有人跟我在一起，趕快過來。停車時讓貨斗在我旁邊的位置。我會跳到後面。妳只管加足油門脫離現場。別擔心。我頂多三十分鐘就會回來。」

他從卡車貨斗拿出他的潛水裝備。

安東尼奧看著卡莉，發現她的臉頰有點顏色。他伸手到置物箱拿出一個信封。

「這是硬石餐廳的璜斯演唱會門票。如果妳不想跟老壞蛋安東尼奧去，就帶妳表姊去吧。」他向她眨眼，頭也不回地繞過房子脫離視野。

安東尼奧在樹籬掩護下戴上氧氣筒和面罩。他看到遠方的蜜月遊船在Government Cut人工航道上冒煙。跟卡莉在一起讓安東尼奧有點興奮，他心想或許蜜月遊船的引擎根本沒運轉，煙霧是從臥室冒出來的。

西方的天色是鮮橘色，水面反射的光亮聚集在海葡萄樹下方，形成像他手掌大小的斑駁狀。

安東尼奧從空屋的碼頭爬下梯子滑入水中。他在面罩裡吐口水到處擦拭。他的攝影機綁在手腕上。

他沿著海堤游了一百五十碼，潛到碼頭下，停留在大約水下六呎。他在艾斯科巴豪宅隔壁的碼頭底下浮上來。夕陽的倒影在碼頭下發出顫抖的光亮。他得小心從木板底下凸出來的釘子。有蜘蛛網卡在他的頭髮上。他潛水片刻以防有蜘蛛在他頭上。散落的大量雜草、保麗龍杯子和塑膠水瓶，跟著一片有鱷魚那麼長的漂浮棕櫚葉隨著潮汐滑過。有個保溫箱蓋子漂過他身邊，底下躲著幾條小魚。

他們在艾斯科巴大宅地下室鑽探。馬泰歐等人正在剝掉地下室牆壁的石膏和水泥。非常辛苦。他們有氣動式槌子、鑿子、鐵撬和軍用鋸刀。空氣中瀰漫粉塵。

漢斯彼得・許奈德從樓梯上盯著，用繡花手帕擦拭他蒼白的光頭。

他們從頂端開始，半天內他們已經剝掉足以露出光暈、然後聖像面容的量，方塊朝向陸地的表面上畫了一幅女人像。這女人從破裂的石膏與水泥中看著他們。馬泰歐認得她，在自己身上畫個十字。「是柯布雷慈悲聖母像（注：Virgin de la Caridad del Cobre），」他說。

艾斯科巴大宅的濱海花園裡，巴比・喬必須遮眼睛避開落日餘暉才能越過海面往西看。幾群朱鷺飛過，前往岩質的鳥礁巢穴。巴比・喬用空氣步槍瞄了鳥群幾次，希望打斷翅膀掉下一隻鳥來玩，但是什麼也沒打中。二樓陽台上的恩貝托坐在椅子上前臂靠著欄杆，AR-15 步槍放在身邊。

夕陽讓大宅散發橘光，雲朵也開始被照亮。

¶

巴比・喬嘗試用他的十字弓射魚，但是魚躲到浮草堆下。巴比・喬咒罵刺眼的陽光。

安東尼奧在浮草堆下接近艾斯科巴海堤，留在這片陰影中緩緩越過充滿亂石和淤泥的崎嶇海底。他在水下大約六呎。一群鯔魚游過身邊，在陰影下是暗銀色，一進入陽光下又變成亮銀色。兩隻鵜鶘經過他頭上，拼命游泳追逐魚群。

一艘大遊艇從大約五十碼外駛過海灣，通過海牛區的速度太快，激起強大尾浪。前甲板上有群女孩，船尾甲板也有一個。前甲板的女孩們裸胸，只穿著比基尼泳褲。

恩貝托從樓上陽台盯著。他一手把望遠鏡聚焦在女孩上，另一手搓揉他的私處。他向地面的巴比・喬吹口哨。

水底下的安東尼奧聽到船的單調噪音。他貼緊傾斜的海底。尾浪襲來把他沖翻。浮草堆像破爛的地毯起伏，安東尼奧有隻蛙鞋冒出水面，向上穿透了草堆。

恩貝托看到了蛙鞋，再度用兩根手指向巴比・喬吹口哨指出方向。恩貝托往對講機開口。他抓起突擊步槍跑向樓梯。

巴比・喬原本在海堤上撒尿，希望女孩們會看到他。他手忙腳亂地拉好拉鍊跳下地面。

水面下，安東尼奧逼近了海堤下的破洞。他看到洞口。海水透過破洞反覆脈動時淤泥和沙子被水流沖起，洞口的海草也在擺動。破洞確實很大，寬度大於高度，裡面一團黑。前方長了一撮橘色海綿。安東尼奧拍了兩張照片。

接著他看到子彈痕跡向下穿過水中，在近處呼嘯而過。

恩貝托和巴比・喬站在海堤上。他們向浮草堆開了幾槍，扇形的彈道嘶嘶地穿過水中，槍的動作聲還大過模糊的槍聲。巴比・喬跑去拿他的十字弓。

安東尼奧的腿在流血，在水中形成血紅色然後灰色的雲朵。洞口就在他面前。水中有彈道。他轉向側面到海堤邊，設法留在深處。

海堤上的巴比・喬看到泡沫透過浮草堆冒出來。他高興地把十字弓指向它發射。箭尾連接的繩索綳緊，濺起水花。

安東尼奧的蛙鞋停止動作。他頭上的草堆隨著波浪起落，像他的胸膛一樣。

卡莉在一個半街區外的卡車上等候，緊盯著她的手錶。

四十分鐘過去，她打安東尼奧的手機。安東尼奧沒接。她再撥一次。

艾斯科巴的泳池休息室裡，有支放在桌上的黏膩鋸刀旁、染血塑膠袋裡的手機。手機震動起來，在袋中往橫向移動。

巴比・喬染血的手拿起手機。他用兩根手指從袋子裡撈出，拿起來講話。

「喂，」巴比・喬說。

「安東尼奧？哈囉？」卡莉說。

「哎呀呀。安東尼奧目前不在他的座位上，」巴比・喬說，「他在幫我們吹喇叭。妳要留言嗎？」

巴比・喬大笑著掛斷。他周圍的人也笑了。巴比・喬用泳池維修公司的T恤擦掉他手上的血。

短暫的太陽雨出現，豆大的雨滴灑在安東尼奧的卡車上，敲得車頂咚咚響。隨後出現的彩虹很快也消失。

卡莉還在車上。

她的錶還在走。秒針無聲無息地掃過。滴答聲是她腦中的想像。小卡車的車窗是手搖式；她搖下車窗。濕涼的微風吹來。

她感覺眼睛刺痛，但她沒哭。她等待安東尼奧地點的大樓牆壁上長了橘色茉莉花，她聞得到雨後特別濃烈的花香。

接著花香散去，她看到她的未婚夫和他的仲郎死在公路上，全部在一輛燃燒的

汽車裡，是槍手縱火的。鄰居們跑到她捧著茉莉花束等待的教堂。他們告訴她，她奔向現場，奔向她的未婚夫。駕駛座上的紅髮男孩穿著白色的蕾絲熱帶衫，倒斃在路上。車窗上布滿彈孔，她用地上撿的石頭在破玻璃上敲了個洞設法把他拖出來。她伸手到破窗裡想要把他拉出來抱著他。人群中比較大膽的人嘗試把她拉開，她緊抓著他，他們拉扯時玻璃在她手臂上割出了溝紋，然後油箱爆炸把她炸離地面。在她婚紗上留下乾掉的褐色血跡。

卡莉在腰包裡帶著兩個豬肉起司捲餅，以備她和安東尼奧肚子餓。她看著捲餅。還是溫熱的，蒸氣讓防水塑膠袋內側起了霧。她把捲餅倒出來到卡車地板上。她伸手到座位下摸到那把 Sig Sauer 點四零手槍，放進腰包裡。卡莉下車。她深呼吸幾下彷彿從茉莉花香獲取力量。她感覺頭昏眼花。

卡莉走過一個半街區到艾斯科巴豪宅大門口。她從信箱拿出一把傳單和垃圾郵件。她會說她是來領薪水支票的。

她在徒步者專用小門輸入密碼。高樹籬和豪宅的外牆之間有些空間。電流沿著設有斷路器的石牆提供庭院的燈光和澆水電力。她可以走在樹籬和外牆之間。

蟹蛛的蛛網掛著雨滴，反射紅色天空的光亮，在卡莉貼著牆壁從下方通過時照亮了她。

車道上的馬泰歐正在放平漢斯彼得的Escalade休旅車上第三個座位，把載貨區鋪上大塑膠袋。他沒看見她。

卡莉躲在樹籬後面直到抵達豪宅後方的海濱花園。

開燈的泳池休息室門檻上抹著拖曳的血跡。卡莉離開掩蔽越過露天的花園。她推開泳池休息室的門。她看到人腿，還有蛙鞋。有個屍體躺在休息室裡的宴會桌上。蛙鞋朝向她。她看過安東尼奧在泳池工作時的腿很多次，她也幻想過。那是安東尼奧的腿，那是安東尼奧的軀體。但他的頭不見了。

她看向地上尋找他的頭，但是只有一灘血水，邊緣已經變黑變濃稠。

她的表情麻木，但雙手沒有。她伸手摸安東尼奧背上。還有體溫。

巴比．喬走進泳池休息室。

他拿著一捲塑膠布、一些細繩和修剪樹籬的長柄剪刀來剪掉安東尼奧的手指。

他必須在紗門外整理攜帶物，一時間沒看見卡莉。

巴比・喬的正面沾滿血跡。他一看見卡莉就丟下塑膠布對她笑。他的黃眼睛盯著她，打量全身。如果能阻止她慘叫，他可以強暴她幾次才會被旁人發現，然後漢斯彼得會堅持殺掉她。對，有時間趁她還完整又活著，電暈她搞一發，其餘人如果想要，可以吐口水在自己的老二上搞她的屍體。

他全身一陣冰涼的快感，舉起剪刀跨出一大步，她往他胸口開了兩槍。巴比・喬表情驚訝，直到她射中他的臉。

她跨過他時他的雙腿還在動。她把槍塞回腰包，聽見大宅裡有喊叫聲，俐落地跳下海堤，浮草和泡沫在她墜落時像一片皮革般起伏，腰包在她觸及水面時猛力撞擊她，下潛時有草黏在她頭髮上。

她透過綠色漂浮物看到有動靜，奮力游泳，直到抵達隔壁碼頭底下她才浮上來，喘兩口氣又潛下去。她隔著混濁的水看到又長又黑的影子移動，在她的左下方。她拼命游泳，但是腰包拖慢了速度。她浮上來換氣到一半時感覺她的腳踝被抓住。她在水中被往下拉，臉上和頭髮上都是草屑，她轉身，用手臂擦臉。另一邊腳踝也被抓住，她被拉下去。

她呼吸困難，奮力往上游。再度被拉下。她清掉眼睛邊的草；她胸腔開始難受，很快她就會吃到水。浮草堆之間有一片光亮，她發現那是戴著氧氣裝備的恩貝托，寬面罩，正在冒出泡沫。他會溺死她。一面保持距離並且溺死她，每當她想呼吸時就抓她腳踝往下拉。她伸手到腰包裡。他想抓她腳踝，但她彎起身體，利用他抓她的破綻雙腿使力，他戴著氧氣筒轉向很遲緩。

她用力把腰包推向他，隔著腰包開了兩槍，他身上的氣瓶像氣爆槍的子彈爆炸。她再度用腳踢開他設法上浮。她胸中灼痛地浮出水面，吸進水花和空氣，邊咳嗽邊喘氣。她抓住碼頭梯子，在藤壺上刮刮手，不停地喘息。

離卡車停放的位置還有一百碼。

她坐在卡車裡發抖，手緊抓著前座的布套。她摸起來感覺好像有乾燥褐色血跡的蕾絲熱帶襯衫。

她大口呼吸瀰漫花香的空氣。她沒有哭。

15

卡莉・摩拉有塑膠袋裝的兩個豬肉起司捲餅、一小瓶水、安東尼奧剩下七發子彈的 Sig Sauer P229 手槍，外加一個滿的彈匣。她皮夾裡有一百一十美元和搭公車時用來磨指甲的工具組。還有她的短陽傘，傘骨裝了三塊從氯罐拆下的鉛墊圈強化。安東尼奧把沉重的墊圈裝到傘上是因爲她經常必須在夜間等公車。

卡莉在大街購物中心的停車場清理卡車內部。她擦拭時看到鏡中的自己，看不出自己有任何表情。她穿上安東尼奧的兜帽衫以防有監視器。兜帽衫有安東尼奧的氣味——Mountain Air 止汗劑和一點氯味。兜帽衫口袋裡有些保險套。她拿下掛在照後鏡的宗教徽章丟進口袋跟保險套放一起，然後下車去搭公車。

在她轉車的站牌附近長了一棵西班牙青檸樹。顯然果樹的主人不知道這是什麼，也不認得掉在地上的果實，這在邁阿密是常有的現象。青檸躺在站牌後方草叢中與人行道上。她也看到被棄置地上腐爛中的芒果，但芒果在圍籬後面，太遠撿不到。卡莉收集了兩把小青檸放進她的皮包裡。她剝了一顆從種子間吸出柔軟的果肉。有熟悉的酸甜味和荔枝的口感。

她自己的手機響了一次。是安東尼奧的手機打來。她看到他的頭被砍掉，但仍有強烈的衝動想接聽。手機在她口袋裡震動。他的手機還活著。它沒有鬆弛，仍然像她在泳池休息室伸手觸摸時他背上的肌肉餘溫。

她確認她的定位功能關掉了。她又吃了六顆青檸以維持體力。回表姊公寓的漫長公車路上，她有時間思考。

如果警方沒找上艾斯科巴豪宅，漢斯彼得•許奈德會知道她不能報警。他會認爲她是十鈴幫的成員。卡莉相信許奈德不會特地來追捕她，直到他的正事搞定。然後，在他方便的時候，他會殺了她或把她賣到回不來的地方。

深夜時她自己打開克勞德佩柏路附近的公寓大樓後門進去。卡莉的姨媽、表姊胡麗葉塔和嬰兒都在睡。

她用萊姆汁擦擦雙手再刷洗。她跟嬰兒坐在房間裡，聆聽她的呼吸。嬰兒晚上煩躁時會來抱她。她疲倦的表姊胡麗葉塔聽到小孩的聲音醒來了。

「我來，妳待著，」卡莉說。她熱了一瓶牛奶餵嬰兒。

嬰兒尿濕時，卡莉會清理她抹上痱子粉哄她，直到她繼續睡著。

深夜時她很煩躁，自己用乳房餵表姊的女兒。即使沒有奶水，嬰兒用頭磨蹭卡莉後也安靜下來。以前卡莉從未這麼做過。這緩解了她往巴比・喬臉上開兩槍後對他表情的記憶。巴比・喬後腦被轟爛迎面倒下，鬆緊帶從他帽子後方突出，他的腿還在抽動。

她搖著嬰兒，看著天花板上形狀像哥倫比亞的污漬。她心想，詩人錯了。不，嬰兒不只是「死神的另一棟小房子」。那不只是另一棟死神的房子。

她閉上眼睛。她應該堅持跟安東尼奧一起下水的。她希望她想要的時候曾經跟他做愛做到死去活來。她希望她有克服大男人主義的鬼扯，堅持要跟他一起下水。但她卻讓他進入一個她比他懂的戰術狀況。因爲他是該死的陸戰隊。他最懂。

¶

娃娃兵卡莉，十二歲，因爲上思想課不專心被記過——那些課對她就跟主日學一樣莫名其妙——但她的戰術學得很快。FARC 發現她很有用。

她認爲傷患很重要，她學習急救很快。她綁緊止血帶時用另一手摸士兵的臉就能讓人冷靜。

她很擅長維修武器和裝備。她的主要職責經常是態度不佳的懲罰，就是野炊——他們有肉的話用二十加侖大鍋燉牛肉，在挖土搭迷彩鐵皮屋的地方用火堆烹飪，有個愛爾蘭人會在那裡教他們怎麼用 Kosan Gas 公司的瓦斯罐做迫擊砲，怎麼用手榴彈做詭雷，怎麼處理迫擊砲裡的啞彈。

游擊隊靠綁架和勒索維持運作。卡莉的責任之一是照顧 FARC 綁架來的一個老教授。他是自然學家、教師，有時也是政治人物，出身波哥大的富豪家庭但是健康欠佳。她照顧了他三年。FARC 看守人員在收到家屬付款後，合理地善待這個老人。他們給他從壓迫者豪宅搜刮來的書籍，他眼睛累了卡莉就唸給他聽，他折起的眼鏡放在襯衫口袋裡。綁匪以爲他們讓他讀的書都無關政治。詩集、園藝和自然科學之類的。有個 FARC 軍官還逼教授向娃娃兵解釋達爾文學說，作爲共產主義的確證。

FARC 營區是個奇怪的新舊混合體。卡莉奉命製作野鼠湯偏方去治療嚴重咳嗽，同時指揮官也在使用筆記型電腦。

卡莉也有個責任是幫電腦電池充電，拖著沉重的電池組或放在嬰兒車上拉到最接近的電源處。如果電源夠近夠安全，軍官們會允許老教授在她跑腿時跟著她去散步。

某個溫暖的春日，十二歲的卡莉跟被綁架的老教授走在一條泥土路上。水溝邊的花朵盛開，有蜜蜂忙著採蜜。他們要去護理站領取俘虜的胰島素，是家屬付給FARC一大筆錢提供的。他們必須走過一座燒毀的村子，是最近大屠殺的現場。那兒曾經是支持準軍隊的村子。他們沒看向房子裡，因爲害怕可能看到的景象。有隻禿鷹振翅扒抓，從鐵皮屋頂起飛時發出很多噪音。在某棟房子，居民曾經試圖把他們的行李拖到外面庭院裡。樹叢裡糾纏著一副蚊帳。老教授看了一會兒，又看看沿路的花朵，他把蚊帳從樹上拉下來摺好。

「我想我們可以拿走這個，對吧？」他向卡莉說。他疲倦時就換她拿。

到了下午，卡莉幫他打針之後，老教授必須向一群年輕新兵教導達爾文。課程包括可以引申來確證共產主義也算是自然秩序的進化論原理。有監課人坐在教室裡確保教授沒有顯露出眞正的意見。

然後他們自由行動，直到卡莉必須去煮部隊的晚餐，四旬齋應景的水豚。FARC必須允許一點宗教自由，在四旬齋期間水豚不算是肉類，因爲梵蒂崗曾經判定這種齧齒類算是魚類。

「我想教妳一點東西，」教授說，「我們把蚊帳割成兩半吧。到處都有附帽緣的帽子，請弄一些來，然後跟我走。」

老人慢條斯里地走過他臨時營房後面的樹林。溪流附近的山丘斜坡上有個蜂窩，填補了空心樹幹的一半。卡莉和教授把蚊帳蓋在他們帽子上，扣上袖子的鈕扣。他們用幾條破布綁緊褲腳和袖口。「要是蜜蜂太激動，我們可以改天再來用煙燻它們，」教授說。被綁架導致生活中斷之前，他的嗜好是養蜂。

蜂群很忙。卡莉和老師站到離蜂窩夠近，但不會太近的位置。

「它們的責任會隨年齡改變，」教授說，「工蜂都是雌性。它們一開始先清理它們孵化的格子。接著清理與維護整個蜂窩，然後它們從負責採花的蜜蜂接收花蜜與花粉，最後它們出去找糧食直到生命衰竭。有些覓食工蜂並不熟練。這對它們是陌生的新工作——是這樣的，有些工蜂只在入口附近打轉，記住樣子以便後來可以找得到。看到滿載糧食的蜜蜂回到蜂窩入口那個小平台沒有？有些從野外回來的糧食工蜂。看到撫摸它們的接收小組沒有？如果新的尋糧工蜂回來，即使只帶回一丁點花粉或花蜜，它們還是受到大肆誇獎。爲什麼？」

「讓它想要繼續做下去，」卡莉說。

「對，」他說，「讓它會工作到死把補給運回蜂窩。它被哄騙了。」他用清澈的眼睛看著卡莉半天。「它被利用了。它會不斷出去直到在某一朵花底下墜地死亡，翅膀磨損到只剩黑色小梗。蜂窩不會在乎它消失了。它們不在蜂窩裡哀悼。夠多尋糧工蜂死亡後，它們會多製造一些新手。沒有個體生活這回事。它是個機器。」他望著她，或許在猜想她會不會舉報他。「卡莉，這個營地，這個體制也一樣。它是個機器。妳有聰明創意的心智，卡莉。別讓他們哄騙妳。別把妳的個體生活限制在只跟某人在樹林裏偷閒幾分鐘。爲自己善用妳的翅膀。」

卡莉認得這種言論是最禁忌的顚覆。她有義務向指揮官舉報他。她會被獎賞——或許不用跟男人一起洗澡，在月經來時指揮官會讓她提早單獨洗澡，像他的女朋友那樣。她會被獎賞。她會被哄騙。她想起自己被友善地迎接到游擊團體，向她表現的情感，夥伴情誼。她很想要的那種家庭感。

這是個讓她在派對上喝酒的家庭。這是個容忍性行爲的家庭，只要有指揮官批准。

這也是叫她殺掉不認同者或逃脫者的家庭。他們投票決定殺掉逃脫者之中的哪個人。每個人都支持。卡莉小時候，也跟別人一起舉手，第一次跟著大家投票贊成，之後再也沒有。她不確定是怎麼回事。然後她看到行刑，看到他們站在溪水中被就地射殺。

「哄騙」這個字眼在她腦中揮之不去。西班牙語叫做「engañar」。她學會雙語之後，兩個字都留在腦中。

當天稍後，看完蜜蜂之後，指揮官派人來找正在料理水豚的卡莉。他的辦公室在FARC徵用的一棟小房子裡。那裡有三個女人在工作。她們在辦公室裡的職責不太明顯。全都坐在她們做的坐墊上。

卡莉在他的辦公桌前立正。她沒帶槍所以脫下她的帽子。

「教授還好嗎？」指揮官說。他年約三十五歲，是個堅定的主管，但在戰鬥時有點遲疑。馬克思主義理論家。他還戴著學生時期那一副圓形鋼架眼鏡。

「好點了，指揮官，」卡莉說，「他胖了幾磅。吃半熟香蕉而非成熟品有助他降低血糖。我看了他的檢查影帶。他睡眠中呼吸好點了。」

「很好，我們必須維持他健康。我們在等兩週後下一筆贖金。我建議他再寫信給家屬。如果他們不付錢，下一封信就會附上他的耳朵。還有，卡莉，妳負責割耳朵。」

指揮官旋轉掛在鉛筆尖端的迴紋針。

「對了，卡莉，荷黑報告說他看到妳跟教授在樹林裡。那老頭戴著面具或僞裝之類的，妳也是。荷黑擔心教授向妳遊說了什麼。他考慮過用槍押妳過來。卡莉，妳在幹什麼？」

「指揮官，教授很感激你向他表現的善意，也感激拿到他的藥。他——」

「他在樹林裡戴著面具表達這份感激？」

「他是在示範我們怎麼採收蜂蜜。以前他養過蜜蜂。那是他做的防蜂帽。除了達爾文，他認爲你或許會允許他教這種求生技巧。他說這樣子獲得營養對部隊會很有用。蜂蜜不必冷藏就可以保存很久。他告訴我在緊急事態中可以用蜂蜜包紮傷口，因爲它幾乎無菌。我們已經有蚊帳了。我們可以用不太會冒煙的火堆燻蜜蜂。不會被空中巡邏隊發現。」

指揮官旋轉他的迴紋針。他的幾個秘書冷淡地看著卡莉。

「這倒有趣，卡莉。妳應該在他穿戴上准許服裝以外的任何東西之前來問我的。」

「是，指揮官。」

「以前我因爲妳不認眞處罰過妳。現在我要獎賞妳。妳想要什麼？妳想要休假到週末嗎？」

「我希望在我的生理期單獨洗澡，遠離男人。」

「這不符我們的政策。這是性別歧視。我們在這場戰鬥中是平等的。」

「我想或許我可以像您辦公室裡這些戰士一樣提早洗澡，」卡莉說。

幾年後在往北的路途上，她會在公車站看見哄騙，巡邏經過的狼群們提供糧食和虛情假意交換那些小孩能夠提供或學會的任何性服務。惡狼的車上通常有食物和糖果，偶爾還有玩具熊。他們不必把玩具熊送給小孩，只要讓他們抱著直到惡狼拿回來，在公車站把小孩推出車外。有時候小孩子能拿到有亮片和花朵的新拖鞋。

老教授的家屬最後付了尾款，他被釋放了。FARC的看守人讓他刮鬍鬚，換上他被綁時穿著，現在已經破舊的衣服，還有他的吊帶褲。卡莉看著老教授的臉問他能否帶她一起走，他去問了綁架他的人。他們說不行。他問可不可以寄錢來爲她贖身。他們說或許吧。錢一直沒來。也可能有來。總之卡莉沒被釋放。

她十五歲那年逃亡了。她跟大她一歲的男孩一起逃。他紅髮，有顆門牙缺了一角。他們有機會就在樹林裡一起睡，他對她很親切。第一次之後，一塊睡在森林地面的鳳仙花叢上，他看她的眼神彷彿她很神聖。

當兵最後一天的天亮後不久，卡莉的單位奉命去攻擊一座支持敵方極右派準軍隊的村子。那段期間敵對雙方會輪流屠殺整個村子，不過有些新聞主播只稱之為「十中殺一」（注：decimating，直譯為大屠殺，出處為羅馬軍隊中對叛逃者的一種連坐懲罰），並不了解這個字的意義。

村落經常被武力占領，無論是哪一邊。然後另一邊就會以窩藏敵人的名義摧毀村子和居民。FARC的這次攻擊是要報復三週前極右派準軍隊對同情游擊隊的村落大屠殺。準軍隊殺了村裡的每個人：游擊隊、村民、村民的小孩、牲畜等等。

卡莉的家人就是這樣在她當兵第二年時被準軍隊屠殺。她六個月後才知情，聽到消息後有兩星期無法正常說話。

FARC的任務是對另一邊做同樣的事，殺掉敵軍部隊和庇護他們的村子裡的所有人，沒有例外，並且燒掉所有房舍。他們進攻時遭受到叢林裡一些砲火。卡莉落隊，停下來用披風包紮某突擊隊員的胸部槍傷，按著它維持隊員的肺臟充氣等醫務兵趕來。樹林裡有人開兩槍打她，她趴在傷患旁邊，越過他的身上開槍反擊。她離開紅土小路，沿著跟道路平行的樹林移動。

她抵達村子時部隊已經離開了。他們炸掉了學校的一些牆壁，風吹過燃燒中鋼琴的琴弦，好像嘆息，透過風中的琴弦嘆息與哀泣，樂譜也被吹散到路面上。

許多房屋在燃燒，街道上有屍體。沒人向她開槍。她決心當作沒看到平民不開槍。路邊一棟房子裡有動靜。她轉過步槍。不是士兵，是個躲在房子底下的小孩，平躺在支撐地板橫梁的水泥塊後面。她看不清是男生或女生，只看到污穢的臉孔和雜亂的頭髮。

她假裝沒看到那個小孩。她不希望讓人注意到他。她停下來彎腰綁鞋帶。

「跑進樹林裡！」她沒有轉頭對著房子說。

指揮官從後方沿著道路走過來，照他的慣例最後抵達戰場。她不想要跟他獨處。他老是想要把手指插到她肛門裡，從背後接近她企圖把手從內褲後方伸進去。話說回來，他也沒有命令她讓他把手指插進去；那只是個社會階級的姿態。

她曾經叫他住手。她一再向上帝禱告讓他住手。這是她夜間禱告的慣例。但他沒有住手。

她加快腳步保持超前時聽到背後一聲槍響。指揮官蹲著，往房子底下小孩躲藏處開槍。她往他跑回去，大叫「他是小孩，他是小孩！」她的視野邊緣模糊，中央很清晰。她跑過模糊綠色枝葉的隧道，中央清晰的物體就是指揮官。

他往屋裡丟了顆白磷手榴彈，火焰馬上炸開。他蹲在庭院裡，手槍瞄準房子底下。卡莉在奔跑，臉上麻木。他又開了一槍。他修長的手指扣到扳機上，蹲低瞄準，她停在路面上，端起她的步槍射擊指揮官的後腦。

她出奇地冷靜。這時房子底下冒煙，她看到小孩子從房子後方出來跑進樹林裡。在樹林邊緣他轉身回頭看。這小孩好髒。她看到樹木間有些臉孔。甚至有人揮手。

指揮官太重無法拖進火裡。別的士兵隨時可能過來發現他倒臥此處，後腦中槍。死刑。她跑向指揮官。他的小圓眼鏡有個鏡片被打掉，另一片反映出天空。看他的裝備你會以爲他是世界最勇猛的人。有顆破片手榴彈夾在他的彈袋後方。她摘了下來。卡莉拉過他的手放在他的頭底下，把手榴彈也塞進去。她拔掉手榴彈的插銷讓握柄飛掉然後拼命跑，趴到路邊的水溝裡，照她受過的訓練張著嘴直到爆炸過後，爬上地面繼續跑。指揮官死了，她的禱告詞可以少一項了。

卡莉和她的紅髮情人，他們拼命逃。

他們在福源村（Fuente de Bendición）住了一年，他在鋸木廠工作，她在旅館和家裡負責做飯。他們打算結婚。當時她十六歲。

在那段期間，逃離 FARC 的人非死不可。同年年底殺手找到了他們，當街射殺那個男孩，還有他的伴郎群，當時他們正要坐進一輛借來的舊車，到卡莉捧著茉莉花束在等候的教堂。

殺手來殺卡莉時，教堂裡沒人。她正在村中診所包紮割傷的手臂，然後從後門離開。

殺手在葬儀社等她，但她沒來。他們走到棺材邊又向卡莉死去的未婚夫開了幾槍，離去之前拍了傷口照片，因爲他們殺他時忘了把他毀容到足夠程度。

一週後卡莉站在波哥大的一棟豪宅門口。應門的僕人指示她走員工入口。她等了十五分鐘，穿著吊帶褲的老教授來開門。他楞了一會兒才認出滿身污穢與繃帶站在台階上，婚禮鞋上還有血跡的她。

「你願意幫我嗎？」她說。

「沒問題，」他立刻說，關掉門上方的燈。「進來吧。」在她照顧身為囚犯的他那段日子，他從未擁抱她。現在他擁抱她。她擁抱回應時，繃帶在他背後衣服留下了血跡。

老先生的管家負責照顧她，不久她就梳洗乾淨塡飽肚子，睡在乾淨的床上。房子的窗簾放了下來：庇護 FARC 的逃兵會被處罰。是死刑。卡莉不能留在哥倫比亞。教授確實救了她。她休養了一星期——因爲幫她買臨時證件就要這麼久，然後她搭巴士被送到北方，一天接一天穿越哥斯大黎加、尼加拉瓜、宏都拉斯、瓜地馬拉，她只能用另一手和牙齒綁手臂上的繃帶。

他在墨西哥給了她夠買公車票的錢——她不必搭上「死亡火車」，幫派會販賣墨西哥往北的火車貨車廂頂空間，很多人掉下來，鐵軌之間會有些乾癟的斷臂和腿。他給她邁阿密某個家庭的地址。因爲生病那家人把她轉介到另一個家庭，他們說她必須無償工作三年。當地廣播電台說那是騙人的，從此她必須自求多福。

從那次以後，卡莉總是隨身帶點食物。通常她直到晚餐時間才會吃掉，如果有晚餐的話。她總是隨身帶一點水和合法長度、可以單手打開的折疊刀。她的念珠項鍊上有個聖伯多祿的倒十字，因爲他是頭下腳上被釘死的。十字架裡面有彈出式的小刀。

¶

如今，在她表姊的公寓裡，她睡在嬰兒旁邊的椅子上，像當年在前往北方自由國度的公車上那樣打盹。

接近午夜時她的手機震動，又是安東尼奧的手機打來。她看著在嬰兒房裡發光的手機。很難不接聽。她讓來電轉入語音信箱。那個聲音用德國腔說，「咖—莉。來見我，我可以幫妳。」

才怪。來幫我啊，混蛋，我也會幫你。

她搖晃嬰兒輕聲唱起〈給小鸚鵡的忠告〉，一首她庫那族祖母的歌，答應小鸚鵡牠被賣給巴拿馬富人之後可以有熟香蕉吃，一生安逸。

她在接近天亮時睡著，在夢中看見蛇溪運河那棟堅固的小房子。即使屋頂有破洞，那棟房子不怕風吹雨打。它蓋在石板上。看到底下沒有會讓小孩遭遇傷害的空間令人安心。在睡夢中，整天過後的解脫中，她微笑夢到那棟房子安然無恙，嬰兒也好端端的在她身邊。

16

第一道陽光驅散了比斯坎灣上的霧氣。

馬可船長的捕蟹船一路往北經過艾斯科巴豪宅，串著蟹籠的繩索繞在轉動的滑輪上。邁阿密海灘警方駕著巡邏快艇經過時，船員們顯得特別忙。警察揮手回應馬可船長，減速以免激起尾浪干擾工作中的漁民。

馬可和三名船員在長襯衫裡穿了防彈衣悶得冒汗。這時經過艾斯科巴豪宅。他們被迫看向東邊的太陽。大宅樓上的陰暗窗戶閃現一道反光。

大副艾斯特班坐在掌舵室裡，他的步槍槍口靠在窗台的墊子上。他透過步槍瞄準鏡看得到反光。

「我看到樓上打開的窗戶裡有一個人。他手上一直拿著望遠鏡，步槍放在椅子邊，」艾斯特班向船長大聲說。

滴水的繩索在大滑輪組上轉動，從海底拉起蟹籠。伊格納丘抓起用鐵絲和木板條做的箱子把藍色的螃蟹倒在船身中央的大桶裡。他把籠子疊在船尾，準備重新裝餌。沿著繩索有個緩慢穩定的流程，拉起、倒空然後堆疊。

經過艾斯科巴的碼頭兩個船身長度之後，伊格納丘打開一個籠子然後愣住。「該死！」

馬可船長停止拉升繩索，關掉引擎。

伊格納丘不敢把他的手伸進籠子裡。他把籠子內容物倒在桶裡，安東尼奧的頭顱滾進對空揮舞蟹螯的活蟹堆裡。頭顱還戴著潛水面罩。面罩周圍的臉被捕獲的螃蟹吃掉了很多，但護目鏡後的臉還完整，眼神從一大片揮舞的蟹螯中往上看。

馬泰歐出現在海堤上。他用猥褻的握拳手勢向他們做活塞動作，再用雙手抓自己胯下。

「我可以打掉他的老二，」駕駛艙裡的艾斯特班說。

「還不行，」馬可船長說。

回到船塢裡，班尼托看著他年輕朋友的殘破臉孔。「通知卡莉，」他說。

「她應該不用看這個吧，」馬可船長說。

「她會想要在場，」班尼托說。

17

邁阿密戴德郡刑事組的泰瑞・羅布斯警探（停職中）現年三十六歲，在帕米拉花園療養院的樹下把車停進停車格裡。他關掉引擎時手機亮起，是法醫鑑識組來電。

「泰瑞，我是荷莉・賓。」

「嗨，荷莉。」

「泰瑞，今天早上我從浮屍身上撿到一顆子彈：白人拉丁裔男性，二十幾歲。送去了匡堤科鎮的整合彈道辨識系統。他們查到了。子彈可能來自在你家開槍的槍械之一。那顆他們從你家臥室牆上挖出的子彈？或許有九處吻合。」

「他是誰？」

「還不曉得。我打去刑事組，他們叫我打你的手機。你什麼時候回來上班？」

「醫師得先批准才行。或許快了。」

「恕我直問，丹妮爾拉還好嗎？」

「我正要去看她呢。我一小時後去找妳。」

「我要去授課，但你還是來吧。我可以介紹你嗎？如果我不介紹他們會失望。」

「唉，管他的。好吧。謝謝妳，荷莉。」

羅布斯的車上有隻獵犬叫莎莉，是丹妮爾拉的狗。莎莉爬到他腿上，他抱起牠下車，僵硬地走到帕米拉花園療養院的大門。

帕米拉是美國東南部最佳的養護設施。位於大樹底下的一群優雅老建築裡面。大門的握把只能從外面打開。

有幾個住戶坐在花園裡的長凳上。樹籬附近的一棵常綠喬木下有個老年布道家向住在園區裡的一群寵物講話。有四隻狗、一隻貓、一隻小山羊、一隻放飛的鸚鵡和幾隻雞。布道家不時發放口袋裡攜帶的零食維持聽眾們的興趣。他試著用聖餐禮的方式把零食放到動物的舌頭上，但是牠們通常直接從他手上搶走。在鸚鵡的案例，他會慎重地用兩根手指拿起南瓜籽零食。布道家的聽眾裡有個老人，他會特別提供這位紳士兩顆 M&M's 巧克力。

布道家的另一手拿著一本軟皮封面的聖經，抓著書背用書作手勢，讓紙頁攤開在他的手兩旁，就像比利‧葛理翰（注：Billy Graham，知名福音派牧師）的常見姿勢。

獵犬莎莉聞到布道家的零食氣味，又被動物群吸引，被拿著小包裹的羅布斯抱著走進大樓時不停在他懷裡蠕動。

帕米拉花園的主管在她辦公室裡。四十歲的喬安娜‧史巴克斯管理很嚴格。羅布斯心想要讓喬安娜驚訝應該很困難。她向羅布斯微笑。她的小狗從她腿上跳下來。羅布斯把莎莉放到地上，兩隻狗搖著尾巴互嗅。

「嗨，泰瑞。丹妮爾拉在中央花園裡。泰瑞，你會看到她太陽穴上有塊小繃帶。有個子彈碎片從她皮膚鑽出來。那是包覆碎片，不是鉛。沒關係的。費曼醫師看過了。」

「謝謝，喬安娜。她吃飯還正常嗎？」

「每一口連甜點都沒問題。」

羅布斯離開辦公室之後，喬安娜・史巴克斯派了個護士陪同他。

羅布斯在中央花園的長凳上找到他妻子。一道陽光穿過樹葉照在她頭髮上，他的心像順風滿帆一樣滿足。羅布斯差點無法呼吸。該表演了。

丹妮爾拉坐在一個看似九十幾歲、身穿整齊的泡紗西裝打領結的男士身旁。羅布斯把小狗放到地上，興奮嚎叫的莎莉衝到丹妮爾拉面前想要跳到她大腿上。丹妮爾拉似乎嚇了一跳，她身邊的老先生伸出瘦削的手想趕走小狗。

「過來過來，」他說，「趴下！」

羅布斯在丹妮爾拉頭頂吻了一下。她的髮際線上有一長條粉紅色疤痕。

「哈囉。」

「嗨，寶貝，」羅布斯說，「我帶了些卡堤奇太太的果仁蜜餅。莎莉也來了。她很高興看到妳！」

「我可以介紹我男朋友嗎？」丹妮爾拉說，「這位是……」

「何瑞斯，」老紳士說。他可能不確定此刻身在何處，但他的禮節修養很好。「我叫何瑞斯。」

「妳剛說是妳男朋友？」羅布斯說。

「對。何瑞斯，這是我的好朋友。」

「我是泰瑞・羅布斯，何瑞斯。羅布斯太太的老公。」

「羅布斯先生，是吧？很高興認識你，羅布斯先生。」

「何瑞斯，這樣吧，我得跟羅布斯太太私下談一會兒。可以迴避一下嗎？」

護士在看著。她過來接何瑞斯。何瑞斯直到丹妮爾拉說他最好離開才願意走。

「丹妮爾拉？」

「沒事，何瑞斯。我們不會講太久。」

護士扶何瑞斯站起來，他們走向溫室。莎莉一直在丹妮爾拉面前上下跳動，腳掌放在丹妮爾拉膝蓋上。她含蓄地伸手趕走小狗。羅布斯抱起莎莉放在兩人之間的長凳上。

「何瑞斯是怎麼回事？」

「何瑞斯是我的紳士朋友。我認識你，對吧？我確定我們是朋友。」

「對，丹妮爾拉。我們是朋友。妳好嗎？開心嗎？睡得好嗎？」

「是。我很開心。我忘了，你是這兒的員工嗎？」

「不是，丹妮爾拉，我是妳丈夫。我很高興妳開心。我愛妳。這是妳的狗莎莉。她也愛你。」

「先生……先生。謝謝你的好意，但我恐怕……」丹妮爾拉茫然看向遠方。

他太熟悉她的臉色了。她想要擺脫他。他在社交場合看過這個表情，但從來不是對他。

羅布斯的眼眶泛淚。他站起來彎腰吻她臉頰。她迅速轉頭，像她在派對上迴避親吻的樣子。

「我想我該進去了，」她說，「再見，呃……」

「羅布斯，」他說，「泰瑞·羅布斯。」

¶

他站在喬安娜辦公室裡，狗兒抱在腋下。

「有幾個碎片正從她背後浮出來，」喬安娜說，「我們讓她睡在羊皮上。驗血結果很好。你還好吧？治療進展如何？」

「我還好。這個何瑞斯是怎麼回事？」

「何瑞斯完全無害，你想得到的任何方面都是。我們八點半就讓他就寢。他在這裡住二十年了，從來沒出差錯。她沒有什麼用意，就像嬰兒——」

羅布斯舉手制止。她觀察他。

「泰瑞，她很開心。她的病情不構成多少困擾了。你知道受罪的人是誰嗎？是你。你查到了什麼嗎？是誰——」

他暫時恍神沒聽她說什麼，想起丹妮爾拉最後一次認得他的時刻：**他們在自家床上。她跨坐在他身上。車燈照亮了窗簾。一陣連發子彈打破了窗子，打碎床邊檯燈，有顆子彈擊中丹妮爾拉頭部。她仆倒，在羅布斯抱著她翻滾躲到地面時撞到他的頭。他看著她血腥的臉孔緊貼著他。他從床頭櫃抓起手槍，跳出破碎的窗戶只看到消失中的車尾燈。他發現自己也中彈了。**

喬安娜觀察他臉色。「我不是故意提起的，」她說。

「當然，」羅布斯說，「犯案那個可惡的——可惡的廢物當時剛在瑞福德監獄服滿六年刑期，是我以致命武器攻擊罪送他進去的。像他這種有長串暴力前科的重刑犯出來，弄到一把突擊步槍就跑到我家掃射。花了三天才找到他，我們一直沒找到兇槍。

他從哪裡弄到槍的？藏到哪裡去了？現在他在服無期徒刑。我需要找到給他槍的人。」

喬安娜送他到大門口。

布道家正在樹下向面前聚集的動物們，還有唯一的人類信徒演講。

「……人們可能會發現自己亦爲野獸，」老布道家說，「因爲人類的子孫會發生的事野獸也會發生；一個死掉，其他的也會死；對，他們都只有一口氣；所有皆來自塵土，也都將歸於塵土。」

橘色餘暉中，喬安娜在泰瑞・羅布斯和莎莉背後關上大門。小狗趴在羅布斯肩上回頭看她最後看到丹妮爾拉的位置，被抱上車時發出細小的聲音。

18

邁阿密戴德郡法醫鑑識大樓的接待區有攝影機以便遠距辨認死者；萬一家屬看了之後昏倒，地面鋪的地毯也足以緩衝。

雙併門後的實驗室有尖端科技，防臭味的密閉門和電子空氣清淨器，和足夠容納最大型客機的乘客與組員的冷藏設備。解剖台做成底片灰色以提升攝影效果。

荷莉・賓醫師正在教導來自全美與加拿大的一小群未來鑑識人員。他們聚集在穿著蛙鞋的無頭男屍周圍。目標已擺成解剖姿勢冷卻到華氏三十四度。

賓醫師的黑衣外面穿著實驗室圍兜，褲子下面穿著綁帶式傘兵靴。她是亞裔美國人，三十幾歲，長相清秀但是沒什麼耐性。

「這是拉丁裔白人男性，二十幾歲體型健壯，」賓醫師說，「他昨天下午在可樂華海灘外海的露天漢堡船旁邊浮上來。海岸巡邏隊發現了騷動。如你們所見，屍體相當新鮮但是傷痕累累。他右下腹部有割盲腸疤痕，左前臂有個刺青，是陸戰隊的地球船錨加上『永遠忠誠』字樣。死亡時間很近，或許兩天，但他被螃蟹和蝦子啃過。判斷死亡時間你們必須知道的一點是什麼？」她沒等人回答。「可樂華海灣的水溫，對吧？華氏八十四度。稍後我們會談到怎麼推測在水底泡了幾天。他的手指不見了，你們看。他完整的狀態大約五呎十吋高。」

「賓醫師，他們是用什麼砍下他的頭？」站在屍體脖子那端的菜鳥年輕人發問。

「看到電鋸切斷第三節頸椎中央的位置沒有?」賓醫師說，「齒距符合 Sawzall 軍用鋸刀，每吋六齒——常見的東西。Sawzall 在美國越來越常被用來肢解，穩居第二名——超過鏈鋸但不如開山刀。在此案例中他被放在桌子或櫃台，或皮卡車的車尾門上，頭向前傾。他們砍下頭顱和手指時他已經死了。你怎麼知道?看看驗屍報告——那些傷口上的血清素和組織胺含量沒有升高。下腹部穿刺傷也一樣，是為了避免脹氣太早浮上來。看到手指切口的差異沒有?有根手指是用 Sawzall 鋸掉，其餘是用傳統方式的大剪刀剪掉。大腿有槍傷，都是貫穿，還有一顆卡在骨盆的子彈。

「死因呢?」賓醫師說，「不是斬首。聽著，死因是胸部穿刺傷，貫穿。入口在左肩胛骨，進入心臟，從左乳頭內側出來。」賓醫師摸摸胸前的橢圓形出口破洞，旁邊還有兩個小孔。她按壓胸前藍色小孔旁邊時，指甲隔著手套透出紅色。「有人能告訴我是什麼造成的嗎?有沒有?」

「點刻工具?」一名學生說。

「不對，」賓醫師說，「我說過那是出口傷。羅布斯警探，你認為是什麼造成了這個洞和這兩個小洞呢?」

「箭，或許十字弓的箭。捕魚箭。」

「爲什麼？」

「因爲箭貫穿了，繩子被拉緊把箭拔回去時，稍微扭轉了一點，倒刺刺進了他的胸膛。可能是開閉式獵箭頭。最好問一下潛水用品店。」

「謝謝。各位，這是邁阿密戴德郡刑事組的泰瑞・羅布斯警探。他見過這種事，還有人們互相做得出來的任何其他事情。」

「妳拿到了那支箭嗎？」解剖台末端的年輕人說。

「沒有，」荷莉・賓說，「這透露出什麼犯案情境？」

一看沒人回答，她看向羅布斯。

「他們有時間拔出箭來，」羅布斯說，「對，兇手有時間也有隱密地點去拔箭。看進入傷口的形狀，我認爲他們沒有整支拉出來。他們可能卸下箭頭，只把箭身從他背後拔出來。他們有隱密地方做這件事。」

賓醫師打發全班下課到休息室。她和羅布斯留在實驗室裡。

「我把 DNA 送去匡堤科了，但是要等上幾天，」荷莉・賓說，「天啊，光是強暴案比對就可能耗上一個月。那顆子彈或許有九點吻合——點二二三口徑九倍徑右旋，六十六英厘重，或許是民用 AR-15 步槍。船尾形子彈，或許是次音速。」

「妳把蛙鞋留在他身上了。」

「對，但我在學生進來之前查看過裡面。」

荷莉脫下一隻蛙鞋。腳跟處有個刺青「GS O+」。

「『Grupo sanguíneo』，意思是他的血型，」羅布斯說。荷莉脫下另一隻蛙鞋。「我想你可能希望在消息傳開之前看看，」她說。腳跟處有個刺青，吊在魚鉤上的鈴鐺。

「泰瑞，他腳跟底下為什麼會有這個刺青？如果看不見，在監獄就沒有保護作用。不像脖子的刺青。」

「那可以用來向高利貸借保釋金，」羅布斯說，「或交換某些律師的時間。常進出監獄的律師。那是十鈴幫的刺青。謝謝妳，荷莉。」

19

夜幕降臨在邁阿密河畔的船塢。傾斜的棕櫚樹在風中窸窣。一艘小貨船駛過，前後都綁有獵犬般的拖船負責轉彎。

馬可船長和兩名船員跟老班尼托站在焚化爐打開的門前。爐中大火正在燃燒。火光和影子在陰暗的船塢裡到處跳動。一副伊格納丘穿著有污漬的背心。

「伊格納丘，把衣服穿上，」馬可船長說。

伊格納丘抓了一件馬球衫套上。他的二頭肌內側有個鈴鐺吊在魚鉤上的刺青。伊格納丘親吻他項鍊上的聖迪斯馬（注：St. Dismas，與耶穌一同被釘死的懺悔強盜）徽章。

在火焰中，巨大多牙的魚頭之間，安東尼奧的頭顱看著爐外的他們。它仍然戴著潛水面罩，玻璃周圍的橡膠融化時兩眼望著外面。哥德式黑色十字架耳環已經不見，從他耳垂被拔掉了。

卡莉・摩拉走出陰影站到班尼托旁邊。

她拿著一枝橘色茉莉花。她和男士們一起聚精會神地看著焚化爐裡。她把那枝花丟進火中去遮蔽安東尼奧破碎臉孔的一部分。

班尼托往火裡加助燃劑。煙囪噴出火花和火焰。

火光把他們臉孔映成紅色。

馬可船長淚眼矇矓，但是語氣很穩定。「偉大的聖迪斯馬，懺悔盜匪的守護者，你在地獄般的酷刑中陪伴基督。請守護我們的弟兄安抵天國。」

班尼托關上焚化爐的門。少了火光變陰暗多了。卡莉看著船塢的夯實泥土。就像來到美國之前，她在別處看過的夯實泥土。

「妳需要什麼東西嗎？」馬可問卡莉。

「一盒點四〇口徑 S&W 子彈就行了，」她說。

「妳得處理那把槍，」馬可說，「扔了吧。」

「不要。」

「那就跟我交換另一把，」馬可說，「班尼托，你的外甥可以處理槍管和彈底凹痕嗎？」

「退殼鉤和擊錘最好也改一下，」班尼托說。他伸出手要拿槍。

「我們會還妳的，卡莉，」馬可說，「卡莉，妳必須合作，妳知道的。我是這裡的首領。」

首領，像安東尼奧那樣。我應該在碼頭底下掩護他的。

馬可還在對她說。「妳的指紋在不在彈匣上——妳有塡滿彈匣嗎？」

「沒有。」

「妳把彈匣留在現場了。」

「對。」她把槍交給班尼托。

「謝謝，卡莉。」馬可從船塢辦公室拿了另一把 Sig Sauer 和一盒子彈給她。槍是點三五七口徑。沒問題。

馬可湊到她耳邊說。

「卡莉，妳想跟我們合作嗎？」

卡莉搖搖頭。「你們不會再看到我了。」

黑暗中傳來一聲口哨信號。馬可船長一行人警覺起來。

¶

泰瑞．羅布斯警探走下車。他看到船塢上方焚化爐煙囪冒出的火花。他走進船塢層層堆疊的捕蟹籠之間。風中有個高音哨聲，雷射瞄準鏡的血紅色光點出現在他的正面襯衫上。羅布斯停步。他舉起證件皮夾，打開露出警徽。

黑暗中有個聲音說：「站住！」

「泰瑞．羅布斯，邁阿密警局。把雷射移開。現在。」

馬可船長舉起手，雷射光點離開羅布斯的胸前，在高舉過頭的警徽上閃爍。

馬可船長在蟹籠堆之間的走道上面對羅布斯。

「你請傷假的時候他們沒叫你交回警徽嗎？」馬可說。

「沒有，」羅布斯說，「永不離身，就像十鈴幫的刺青。」

「其實我很高興見到你，」馬可說。「不對，『高興』這個字太強烈了，我英語不好。我『不遺憾』見到你。至少還沒有。你要喝一杯嗎？」

「好，」羅布斯說。

馬可船長在開放式小屋下倒了兩杯蘭姆酒。他們懶得加萊姆汁。

羅布斯只看到馬可船長，但他感覺得到躲在黑暗中的其他人。羅布斯的肩胛骨之間有點發癢。

「我有一具屍體上面有十鈴幫刺青。你可能會知道是誰，」羅布斯說。

馬可船長雙手一攤。河面上又有一艘頭尾帶拖船的貨船駛過。引擎的悶響讓他們必須提高音量。

「年輕拉丁裔男性，二十幾歲，」羅布斯說，「體型健壯，穿蛙鞋。我們沒有他的頭顱和手指。刺青在他的腳底。他的血型也是，寫成G.S.——西文的grupo sanguíneo——O型陽性。」

「他怎麼死的？」

「普通箭或十字弓的箭射穿心臟。他死得很快，如果你想知道。那不是逼供。他手指被砍掉之前就死了。」

羅布斯看不出馬可有什麼表情。

「他身上有顆子彈符合從我家起出的子彈，」羅布斯說。

「唉。那個啊。」

「那個，」羅布斯說。

有隻蛾在裸露燈泡周圍飛舞，影子掠過他們兩人。

「我希望你知道，」馬可說，「用我媽的靈魂發誓，我們不認識向你家開槍的人。我不會往你家開槍，就像你不會找上我家。大家對尊夫人的遭遇都很難過。」

「很多人會向住宅開槍。他們也會射殺穿蛙鞋的年輕人。你們是不是少了一個人？」

焚化爐裡傳出悶響，安東尼奧的腦漿在沸騰。煙囪飄出一陣火花。

「我的手下沒事，」馬可船長說。

「我要射殺這小子的凶手，我要凶槍，我要知道槍從哪裡來。你我現在無冤無仇。要是我發現你知道凶手卻不告訴我，我們就有麻煩了。」

「你知道我洗手不幹很久了。但我在家族聚會看到一個重要人物，一個月前在卡塔赫納的初領聖餐儀式。」

「恩尼斯托老大。」

「我們會說是重要人物。」

「他知道凶槍從哪裡來的嗎？」

「不知道，他希望當面跟你說。如果這個人來到邁阿密，你願意親自見他嗎？」馬可說。

「面對面，隨時隨地都可以。」羅布斯點頭謝謝他的酒，沿著蟹籠堆和木箱之間的陰暗走道離去。雷射光點在他身後的地面追蹤。

「我想大概是下星期二吧，」馬可自言自語。

焚化爐冒出一團煙。安東尼奧的頭顱炸開，含著閃亮火花的煙圈像個黑暗光暈從煙囪升起。

馬可希望警方別太快認出安東尼奧的身分，因爲接著條子們就會開始追查安東尼奧的泳池客戶。

20

在安東尼奧曠職的第三天，他的卡車也不見蹤影，泳池維修公司申報了安東尼奧失蹤。針對他的車子發布了協尋通報僅兩小時，車子就在大街購物中心被發現了。

一名同僚拿著冰袋敷著他的喉嚨，看著法醫影片認出了安東尼奧的刺青。

漢斯彼得・許奈德從新聞得知安東尼奧的身分之後，他知道時間不多。警方會追查安東尼奧的客戶名單。

漢斯彼得已經觀察等待了兩天。他花時間補充他喪失的人手。他失去了兩個人，不包括菲力克斯。他只剩馬泰歐了。

漢斯彼得偏好團隊中有混雜的種族和語言。他相信這樣子手下比較不會陰謀背叛他。

他在九十五號州際公路旁的一家妓院兼飾品店約見以前跟過他又擅用工具的竊賊芬恩・卡特。芬恩・卡特看到漢斯彼得時有點嚇到，但芬恩剛在萊福特的聯合監獄蹲完五年出來，什麼案子都能接。另一個是法可・努涅茲，伊莫卡利（注：Immokalee，佛州非法移民密集地）出身的汽車美容工人兼營贓車拆解廠，有兩次家暴前科。法可在漢斯彼得的酒吧當過保鑣，那裡後來被衛生部勒令停業了。

警方沒有來到艾斯科巴豪宅，漢斯彼得就繼續工作。

卡特和法可的進度緩慢。

漢斯彼得・許奈德從地下室樓梯看著。他戴著安東尼奧的哥德式黑色十字架耳環，認爲可以增添某種魅力。

他沒向新員工說明可能遇到爆裂物。黑素斯可能說謊，誰曉得呢？

在邁阿密海灘絕不可能擁有地底的地下室，因爲海平面太高了。眞正的地下室不是淹水就是讓你的房子浮起來。爲了在颶風來襲時避免潮汐淹水，艾斯科巴豪宅用基樁架高，露臺也是，而整個基樁周圍以堆土包覆。所以它的地下室雖然被泥土包圍，仍高到除非超級大潮不會淹水。

卡特和法可刮掉了地下室牆壁的水泥，露出鋼鐵方塊朝向陸地的一面。方塊上設置了金庫門，整個正面畫上了清晰巨大的柯布雷慈悲聖母像，古巴的守護女神，船員的守護女神。金庫門上沒有鍵盤或鑰匙孔，只有一個轉不動的小握把。

卡特把沉重電鑽裝上含鈷量八％、尖端塗上黑色氧化物的鑽頭。他們爲了兩百二十伏特電源必須從廚房電爐後面把電線牽下樓梯。

卡特在身上畫個十字，再把鑽頭按到聖像胸前扣下扳機。噪音很大但只刮出一小捲金屬。

漢斯彼得思考。他向電鑽噪音皺眉，半閉著沒有睫毛的眼皮。他在腦中聽到黑素斯‧維拉利爾的聲音：聖母的脾氣很火爆。

他大聲叫卡特停工。他走到外面花園打電話。他等接聽等了三分鐘。漢斯彼得先聽到呼吸器的喘息聲，然後才是身在哥倫比亞巴蘭基亞的黑素斯‧維拉利爾的微弱聲音。

「黑素斯，該是我寄給你的錢發揮作用的時候了，」許奈德說。

「許奈德先生，也該是你把尾款寄給我的時候了，」黑素斯說。

「我遇到一個金庫門。」

「我指點你找到的。」

「沒有轉盤，只有一個小門把。我該打開嗎？」

一聲喘息然後停頓，微弱聲音再度傳來。「上鎖了。」

「我該強行打開嗎？」

「如果你想活下去就不行。」

「那麼給點建議吧，我的死黨老朋友黑素斯。」

「把錢寄來會刺激我的記憶。」

「處處危險，時間急迫，」許奈德說，「你希望給家人過好日子。我希望保護我的手下。對一方的威脅也會威脅另一方——你的腦筋夠清楚聽得懂嗎？」

「我的腦筋夠清楚可以數錢。這事很簡單：馬上照你說的數目付錢。」黑素斯停下來喘息吸口氧氣。「別人或許會比較慷慨。同時我可不會打擾慈悲聖母，好朋友許奈德先生。」線路掛斷。

許奈德伸手到廚房爐子後面拔掉大電鑽的插頭。他走下樓梯告訴手下，「我們得等一等，或把它完整搬出來。我們必須把它拿到可以慢慢研究的地方。這是一大塊鋼鐵，卡特。我們需要隱密。」

中午電視新聞又報導了安東尼奧的身分，在螢幕打上密報警方的專線號碼。

許奈德打給羅德岱堡的克萊德·哈波。哈波做過水中工程，油水更多的副業是幫邁阿密的開發商拆除歷史老屋。

在邁阿密和邁阿密海灘市申請歷史老屋拆除許可是出了名的困難。開發商可能等上幾星期或幾個月才能獲准砍掉房地產上的老橡樹或拆掉老屋。

趁建築官員週日在家陪老婆小孩時，克萊德・哈波的日立雙面怪手可以幾小時內把一棟房子化為瓦礫。

這種機器在駕駛座旁有一疊垃圾袋，用來保管隨著樹木被砍倒的窩巢和所有動物住所。

拆除被發現之後，歷史保存團體會哭訴，建商或許會被罰個十二萬五千塊錢——比起等待拆除許可、銀行像禿鷹蹲在屋頂上虎視眈眈的成本簡直微不足道。

但漢斯彼得想要的是哈波的五十噸滑輪與起重機駁船。他向克萊德・哈波開了個價碼。然後他第二次出價，雙方成交。

「我們星期天白天把它拉出來，」許奈德告知穿著背心在地下室汗流浹背的手下。

21

哥倫比亞，巴蘭基亞

一輛計程車鑽空駛到慈悲天使診所門口擁擠的路邊。手推車攤販為了停車位短暫地跟計程車司機爭吵，但看到車上後座的修女之後，攤販在身上畫個十字退讓了。

在一樓病房的消毒水氣味中，有位神父拉上骨瘦如柴男子周圍的布簾，開始執行病患塗油儀式。一隻蒼蠅從缺損的琺瑯臉盆飛起想要落在聖油上。神父看到有看護修女袍經過，大聲請她幫忙趕蒼蠅。她沒回答只顧繼續走，沿路分發小糖果給兒童，但拒絕送出滿滿提籃裡的水果。

她帶著提籃走進區域盡頭一間私人病房。

黑素斯·維拉利爾躺在床上。他很高興看到女性，拉開他的氧氣面罩露出微笑。「謝謝，修女，」黑素斯微弱的聲音說，「水果籃有附卡片嗎？或快遞的信封？」

修女微笑，從頭巾下拿出一個信封塞到他手裡。她指指天上。她走到他床邊移動床頭櫃上的東西，放下水果籃讓他拿得到。她身上有香水和菸味。黑素斯覺得修女私下抽菸很有趣。她拍拍黑素斯的手，低下頭禱告。黑素斯親吻別在他枕頭上的聖迪斯馬徽章。「上帝保佑你，」他說。信封裡是兩千美元的匯票。

恩尼斯托老大的黑色路華休旅車停在醫院門口。保鑣伊西卓·戈梅茲從前座下車替恩尼斯托老大打開後門。

他們後方的計程車司機打開八卦報紙《自由報》舉起來遮臉。

病房區裡的病人馬上認出恩尼斯托老大，在他帶著戈梅茲經過時喊他的名字。

修女正要離開，在分發糖果。她從頭巾邊緣底下偷瞄恩尼斯托老大，錯身經過時向地面微笑。

恩尼斯托老大敲敲黑素斯病房打開的房門。

「歡迎，」黑素斯隔著氧氣面罩小聲說。他拉開面罩說話。「眞榮幸這次接待你們沒有被摸來摸去。」

「聽完我的話你會很高興，」恩尼斯托老大說，「你準備好了嗎？」

黑素斯用乾癟的手作個催促的小手勢。「我好奇得要死。至少我覺得是這樣。」

恩尼斯托老大從口袋拿出一些文件和一張照片。「我可以送你老婆兒子這張照片裡的房子。路皮達拿給尊夫人和她妹妹看過。無意冒犯，你小姨子很挑剔又敢講呢，黑素斯。」

「那還用說，」黑素斯說，「她從沒看過我眞正的樣子。」

「然而，她雖不滿意還是接受了這棟房子。尊夫人倒是很喜歡。她很高興這比她嚴格的妹妹現在住的房子更好。她把權狀拿去法院公證，拿到了法官開的產權確認證明。此外我會提供一筆錢，足夠尊夫人和兒子永遠保有這棟房子。錢已經由第三方保管。這是銀行的收據。相對地，我希望你全部告訴我：你幫帕布羅帶了什麼去邁阿密，我怎樣能拿到。」

「方法很複雜。」

「黑素斯，別再拖延了。許奈德已經找到方塊。位置情報不值錢；我已經知道了。你已經賣給了許奈德。」

「我能告訴你的是如果開啓方式錯誤，在幾哩外就聽得到後果。我需要保證——」

「你相信你的律師嗎？」

「相信我的律師？」黑素斯說，「當然不信。還用問嗎！」

「但你是相信老婆的男人標竿，」恩尼斯托老大說。他敲敲房門，黑素斯的老婆和青春期兒子走進病房。連表情嚴肅的小姨子也來了，像蒼鷺似的昂首闊步，她不以爲然地看著兩個男人，再看看病房，甚至水果，她認爲那一定有上蠟。

「我讓你們商量一下吧，」恩尼斯托老大說。

恩尼斯托老大在戈梅茲和司機陪同下，在醫院前的露台上抽掉了大半根小雪茄，黑素斯的老婆兒子和小姨子才走出大樓。恩尼斯托老大向女士們觸帽致意，也和男孩握手。戈梅茲送他們上了一輛等候的車子。

那輛計程車在路邊怠速，司機躲在報紙後面。戈梅茲走到計程車旁用食指壓下報紙看著司機。他看看坐在後座的修女。他向她觸帽致敬。司機在聽蒙奇和亞歷珊卓樂團唱的一首巴恰達哀歌。司機聞到戈梅茲的高級古龍水混雜著 Tri-flow 牌擦槍油氣味。他靜靜坐著直到戈梅茲走開。

恩尼斯托老大跟戈梅茲走回醫院裡。

計程車裡的修女點了根菸拿出手機。「幫我接許奈德先生。老兄，快點！」

等了大約五秒鐘。連線聽不太清楚。「欸，」她說，「我們的朋友回醫院裡去了。他跟那個大嘴巴在一起。」

「謝謝，帕洛瑪，」漢斯彼得．許奈德說，「我得告訴妳卡拉不合用。不必，留著錢派另一個人給我。俄國人應該可以。」

病房裡一個撐拐杖的病人在恩尼斯托老大走回黑素斯病房途中拉拉他的衣袖。戈梅茲想把他趕走，但恩尼斯托老大說，「沒關係。」

眼眶含淚的病人開始咕噥著訴說他的問題。他想讓恩尼斯托老大看他背後的瘡疤。

「給他一點錢，」老大吩咐戈梅茲。

「上帝保佑你，」病人說，努力親吻恩尼斯托老大的手。

黑素斯在病房裡看著水果籃卻沒什麼胃口。它佔據了床頭櫃上大半空間。籃子裡傳出微弱音樂聲。是稱作「屠殺」的墨西哥號角音樂。黑素斯試著查看籃子裡，但他的氧氣管礙事，有些水果掉到了地上。最後，他手忙腳亂地在籃底找到手機。

「請說。」

是漢斯彼得‧許奈德的聲音。「黑素斯，你有訪客。你告訴他什麼了？你把賣給我的消息洩露給他了？」

「沒有，我發誓。把尾款寄來，不用這些小禮物，漢斯佩卓先生。我告訴你的事情可以救你和你手下的命。」

「是漢斯彼得，不是漢斯佩卓。你要叫許奈德先生，你的顧客。你該叫大爺。

我付過錢了。告訴我怎麼打開。」

「你需要圖解，閣下。我畫好了你需要的東西。用 DHL 把尾款連同回郵信封寄來。我會等到後天，上帝祝福你。」

一千零七十八哩外，許奈德睜開無毛的眼皮，雙眼從頭顱裡鼓出來。

「恩尼斯托老大在你那邊，不是嗎？你們一起在笑。讓我跟他說，把手機交給他，」許奈德說。他嘴角有個泡沫，正在撥另一支手機。

「沒有，只有我一個人，我們都是，」黑素斯說，「把錢寄來，你這該死的混蛋——你這死娘砲——不然等你的卵蛋被炸到火星再通知我。」

手機爆炸，把黑素斯的頭炸爛，噴得到處都是，也把房門炸到外面病房區。炸開時恩尼斯托老大的手握在門把上，碎片割傷了他的眼睛上方。

恩尼斯托老大走進煙霧中。屍體還在抽動和流血。有塊頭骨卡在天花板上，這時掉落在恩尼斯托老大身上。他把它撥開，表情懊悔但很冷靜。一滴血像眼淚般從他臉頰淌下。他搜索床頭櫃但是什麼也沒找到。

「上帝保佑你，」他說。

22

哥倫比亞巴蘭基亞市的貝利・艾佛烈多學院，位於一條充滿酒吧與咖啡館的街上。門口畫有一對男女在跳探戈的圖像，雖然探戈不在實際課程範圍內。

這所學院是十鈴扒手、竊盜與搶劫學校目前的總部。學校名稱源自在扒竊練習的受害者身上掛十個鈴鐺以教導匿蹤性的測驗。口袋裡有時候也會放魚鉤或刮鬍刀片來增加扒竊的難度。

二樓的工作室有個廣大開闊的舞池。上午時段宜人的微風會隨著下方街道的聲音從挑高的窗戶吹進來。

舞池的一角設置爲機場自助式餐飲販賣店，有立食餐桌和調味品桌。十幾個青少年和年輕人穿著便服在開闊的舞池裡。學生來自歐美六個不同國家。

教練大約四十歲。他穿著 Puma 運動服，眼鏡架在頭頂上。他自認是個編舞家，在穿襯衫遮住監獄刺青時看起來確實有像。他的照片也在全世界各大城市機場警局的布告板上。

有幾隊在練習抹調味料招式。教練在說話：

「抹調味料招式中，你必須提早準備看著目標走進飲食店，這樣才知道他哪一手拿著你想偷的東西。假設是左手拿著盒裝的電腦，盯緊左手。你必須把芥末或美乃滋抹到右肩後面讓他只能用左手搆到。還有，女士們，當你在他走路中向他指出芥末污漬，必須立刻往空閒的右手塞給他面紙，讓他擦拭後肩之前無法單純只把公事包換手。他必須放下行李。他必須放到地上轉過頭到被抹的肩上，顧不到盒子。幫忙時把乳頭貼到他手臂上。鐵絲支撐的胸罩可以幫助隔著西裝外套傳遞感官。這時候你的搭檔拿走東西。你會很驚訝有這麼多人抹錯肩膀或太晚拿出面紙。做錯的人都關在機場的無窗小房間裡，憋著尿等待保釋代理人。好啦，我們來練習。文森和卡莉塔，你們上。佔位置！好，我們找目標。上！」教練用手掩嘴透過鼻子說話。「往休士頓的八十八航班現在十一號登機門開始登機。可轉機飛往拉雷多、密德蘭、艾爾帕索。」

在舞池旁他的辦公室裡，恩尼斯托．伊巴拉老大聽到激動的聲音，奔跑腳步聲，錯誤指示的叫聲——卡莉塔指著錯誤方向大叫，「他往那邊去了，我看到的！」

以身爲十鈴學校與畢業後犯罪活動首腦的身份，恩尼斯托老大寫了封噩耗給已故安東尼奧的父母，寄支票給他們。他認爲那張支票雖然慷慨，仍可能冒犯他們。他希望如此。然後他們可以邊花錢邊生他的氣，他就不用親口致哀了。

有人敲辦公室門，恩尼斯托老大的秘書拿了支拋棄式手機進來。她用紙巾包著它，恩尼斯托老大接過來。「大約五分鐘後會響。是你認識的人，」她說。

¶

繁忙的太子港鐵器市場的「夢想之旅」店裡有許多準備賤賣的舊單車。大多數是半夜從邁阿密弄來的。它們都翻修過，至少保固一個月。店主尚克里斯多夫在當天稍早鎖上了門口展示車的防盜大鐵鍊，帶著筆電到網咖，寄了封 email 到巴蘭基亞。信中說：

親愛的先生，可否給我一個方便聯絡的號碼？

幾分鐘內答覆就來了。+57 JK5 1795。

巴蘭基亞的艾佛烈多舞蹈學院裡，恩尼斯托老大手上的手機響鈴震動起來。

「我是尙克里斯多夫，先生。」

「你好，尙克里斯多夫！樂團還好嗎？」

「您還記得？我們運氣好的時候會在奧洛弗森飯店演奏，拉丁舞樂團出城表演時偶爾有晚場。」

「你的 DVD 什麼時候上市？」

「還在製作中，多謝關心，恩尼斯托老大。我們需要練團時間。恩尼斯托老大，我打來是因為在邁阿密運送單車給我那傢伙？他接到巴拉圭一個口齒不清的人電話。沒有毛髮的人。這個人想要在我們的戈納伊夫港找幫手。」

「什麼幫手，尚克里斯多夫？」

「轉運從邁阿密來的沉重貨物。要保密。必須在戈納伊夫從大船轉移到拖網漁船。我想您可能有興趣。你熟悉這個人嗎？」

「是。」

「小型貨船傑奇里維號一週後從邁阿密出海。船上有一堆我的單車。我的單車朋友明天晚上在船上會面之後會通知我。我該丟掉這支手機嗎？」

「最好丟掉，尚克里斯多夫。叫你在邁阿密的朋友在脖子上戴領巾。最好是亮橘色。把你的銀行帳號告訴我的秘書吧？謝謝你，祝你音樂事業順利。」

辦公室門被敲一下。是恩尼斯托老大的助手保羅，三十幾歲性情乖僻，髮線有明顯的美人尖。

恩尼斯托老大抬起眉毛問了個問題，感到眉毛上方的縫合傷口一陣刺痛。「保羅，目前我們在佛羅里達南部有誰？就是現在這一刻。」

「在坦帕負責珠寶秀的一組人。維多、丘洛、帕可和坎蒂。」

恩尼斯托老大細看他辦公桌上的文件。

他用致哀卡片輕敲自己的牙齒。「維多那組人幹過暗殺嗎？」他頭也不抬地問。

保羅想了一會兒才回答。「他們不算毫無經驗，」他說。

¶

在邁阿密的船塢，馬可船長接聽來電。

「你好，馬可。」

「恩尼斯托老大！您好，先生。」

「馬可，你有多久沒上教堂了？」

「我記不得了，老大。」

「那麼也該提升你的心靈生活了。明天晚上去望彌撒。波卡有個好地方。參加六點鐘的彌撒。帶你的幫手去爲安東尼奧禱告。坐在大家看得到的前排。在教堂裡自拍。」

「我不能說誰，但是有些人無法領聖餐。」

「那就讓他們溜走，或在儀式中低頭看自己的腿。接著，尷尬結束之後，去邁阿密北方一小時車程的高級餐廳。把一道菜退回廚房激怒他們，然後給大筆小費讓他們印象深刻。還有馬可，注意你朋友法沃里托在幹什麼。」

23

一輛旅行車在晨間尖鋒時段後駛出坦帕，向東越過鱷魚巷前往邁阿密。叫坎蒂的女子坐在後座。三十五歲的她相當貌美，看得出做過一些苦差事。其餘三名男子三十幾歲：維多、丘洛和帕可，全部穿著光鮮。

他們一直策畫的珠寶快遞員案子只能擱置了。

「我們改在洛杉磯抓他好了，」維多說。

「反正我們知道他的喜好了，」帕可說，在坎蒂塗唇膏時飢渴地看著。

坎蒂厭惡地瞄他一眼，小心把唇膏放回皮包的手機口袋裡，免得卡到她手槍的扳機護弓。

邁阿密西區這個儲存設施是棟淺綠色無窗的巨大建築。對喜歡寫歌的帕可來說，它看起來像屠宰場。「倉庫，」他說，「是夢想的屠宰場。」

坎蒂在旅行車駕駛座上等待，同時維多、帕可和丘洛進去。迎接他們的男子沒有自我介紹，維多說，「我就叫你『巴德』吧。」

他讓男子看他手掌中的硬幣。巴德帶他們走過一條兩旁都是門的陰暗走道。空氣中瀰漫臭鞋子、舊寢具，又皺又髒的床罩氣味。還有計畫出錯的氣氛——離婚後的家具，兒童汽車座椅。帕可有點畏縮。

儲藏隔間有覆蓋著沉重鐵絲網的開放式天花板，很像監獄牢房。巴德停在一扇門前看著維多，直到維多拿出橡皮筋綁著的兩疊鈔票。

「一半一半，巴德。給我看點東西，」維多交給他半數現金說。

這個儲藏隔間裡有台小鋼琴，一座移動式吧檯和看似沉重的上鎖櫥櫃。巴德掀起鋼琴凳的坐墊，從樂譜紙頁間拿出一把鑰匙。

「檢查走道，」他向帕可說。

「沒人，」帕可說。

巴德打開櫥櫃拿出兩把 MAC-10 連發手槍、一支 AK-47 和一支 AR-15 突擊步槍。

「可選射擊模式，全自動嗎？」維多說。

巴德把 AR-15 和可以改裝成連發的加裝式阻鐵交給他。

「這些都保證沒有前科，可以用──匿名槍──兩支都是嗎？」維多說。

「用你的命發誓。」

「不對。用你的命發誓，巴德。」

巴德把兩支槍放到手風琴箱裡，附上滿載的彈匣和滅音器。再把一支短散彈槍放到低音薩克斯風箱子裡。

維多看看帕可。「終於有你可以演奏的樂器了。」

整個下午他們在美洲購物中心採購，坎蒂染了頭髮。

24

早已習慣哀傷的卡莉保持忙碌。

他們火化安東尼奧頭顱的隔天，她跟表姊胡麗葉塔有工作要做，在從鵜鶘港海鳥保育站到鳥礁棲息地的遊艇上負責外燴，是她們每個月固定的收入來源。要給船上的人吃什麼？可手抓直接吃不會滴湯汁的食物。

烤餡餅，三明治，牙籤叉香腸。預算許可的話還有酪梨切半填入檸汁醃生魚。給他們甜味酒、蘭姆和伏特加，還有啤酒。

他們試過小肋排，但是滴落的烤肉醬把全船搞得黏答答，他們還得刷洗。他們在船上不能明火烹飪，但是船塢允許他們使用烤架，他們也會用診所的高溫殺菌機加熱餡餅和蒸餃子。

遊艇相當大，是帆布篷的露天船隻，駕駛艙旁邊有廁所隔間。有四十個救生圈。沿著欄杆設有長凳座位。

三十個人參加了這趟遊程，許多是擅長娛樂眾人的邁阿密人，他們值回票價。行程的目標是鼓勵支持靠捐款生存的海鳥保育站。船的例行路線是繞行鳥礁的自然棲地，然後天黑時，在壯觀的夜間天際線的摩天高樓之間沿著邁阿密河往上游一點。今晚他們會暫停一下欣賞海灣公園的煙火。

莉莉貝・布蘭柯博士是獸醫兼鵜鶘港海鳥保育站站長，也是當晚的主辦人。她是七歲那年在彼得潘行動（注：Operación Pedro Pan，一九六〇到六二年由美國中情局策畫的救援行動，共撤出了一萬四千多名古巴兒童）中獨自從古巴來到美國的。

布蘭柯博士經常讓卡莉幫她照顧動物。博士今晚穿黑色褲裝戴珍珠，看起來不太一樣。她丈夫也來了。他是一家壁球場的股東。

布蘭柯博士在啓航時說了幾句歡迎詞。

遊艇在七十九街快速道路底下緩緩往南駛向鳥礁，那是兩個大島的合稱，一個是天然一個是人造的，面積約四英畝。鳥礁是私人財產，沒有州政府資助維護。

鳥兒正在歸巢——朱鷺、白鷺、鵜鶘、魚鷹、蒼鷺成群回家，白鷺和朱鷺在陽光下對比著東方漸暗的天空特別亮眼。

每次遊程保育站都會設法安排放生，把復健的鳥類野放以說明站方的任務並且刺激捐款。今晚他們船上的寵物籠裡有隻青春期夜鷺，用毛巾蓋住讓鳥兒在黑暗中盡量保持冷靜。

這隻大型雛鳥在厄瑪颶風期間被吹出巢外，翅膀脫臼。補充水分後，關節痊癒，在站方的鐵絲休息站裡翅膀也恢復了正常，現在已經可以放走了。

船長在淺水中把船隻盡量靠近鳥礁。

卡莉拿著籠子到船尾，在欄杆上穩住它。

一位當紅電視氣象主播在工作人員拍攝下簡短介紹了環境。他站在欄杆邊，卡莉拿著籠子避開鏡頭。她取下毛巾打開籠子。鳥兒背對著籠門，大家只看到牠的尾巴。主播不知該怎麼辦。

「扭動牠的尾羽就會轉身了，」卡莉說。

這隻大鳥的身體周圍還很蓬鬆。感到尾羽被扭動之後牠立刻轉過身來把頭伸出門外，看到盤旋在鳥礁上空的其他夜鷺後，像火箭般起飛加入牠們。

卡莉的心情隨著夜鷺飛升，這種解脫感持續到她再也分不清牠與天上其他同伴的差別。

遊艇開始繞行小島棲地，然後往南去看公園的煙火。有些乘客帶了望遠鏡。其中一個在跟船長談話，用餡餅指指點點。

卡莉放下三明治托盤，船長把他的望遠鏡借給她用。

島上有隻魚鷹倒掛著，被漁網纏住，繩索在一根樹枝周圍糾纏成一團，有條乾燥的魚仍然掛在鳥旁邊的魚鉤上。那隻鳥虛弱地拍拍一側翅膀。牠張著喙，黑色舌頭突出。大爪子在空中亂抓。

乘客們都擠在欄杆旁。

「看看那傢伙的爪子！」

「看，牠在偷別人的魚。」

「呃，牠不會再偷了。」

「我們可以救救牠嗎？」

水太淺船無法靠近。他們離島嶼邊緣的紅樹林叢五十碼，近到看得見雜亂的垃圾和羽毛覆蓋了樹與樹之間的地面。

垃圾對於鳥礁禍福參半。能讓遊客們遠離棲息地，但動物有時候會被困在碎片中。卡莉透過望遠鏡看著那隻受困的鳥，牠銳利的眼神往上看，大爪往天上亂抓。鳥群在上空盤旋。有群鮮明的朱鷺開始降落在樹林裡過夜。

卡莉的視線無法離開那隻受困的鳥。**好像當年在河中受困的小孩。他們雙手被綁在背後，只能貼著側臉。雜亂的彈雨之前，步槍喀啦作響開保險時，他們只能貼著頭。中槍之後漂走，隨著屍體周圍的一灘血在水中漂走。**

「我去，」她向船長說，「如果你可以暫停一下，我去救那隻鳥。」

他看看錶。「我們得去趕煙火。保育站裡有人可以開小艇過來。」

「站裡沒人了，」卡莉說，「那得拖到明天。」

有時候志工會來島上解救鳥兒，但沒有固定時程。有的人會害怕凶猛的鳥類。

「卡莉，妳在船上還有工作啊。」

「你可以放我下船等回程再來接我。拜託，船長。胡麗葉塔可以搞定餐點。」

他從臉色看得出她反正要出手了。他不希望逼她違逆他，因爲她的工作會保不住。船長看到卡莉的背後布蘭柯博士在看他。布蘭柯博士向他點點頭。

「妳盡快吧，」船長說，「要是超過二十分鐘我會通知海巡署陪妳等。」

水質相當清澈，船身周圍大約四呎深。起伏的砂質海底有海草隨著海流微微擺動。

船長打開船上的小工具箱。「需要什麼就拿去。」

卡莉拿了些鉗子和絕緣膠帶。他們還有些馬達過熱時修理用的隔熱手套。有個小急救包，裡面東西不多——一捲紗布繃帶，一捲包紮膠帶，幾塊 OK 繃，一管抗生素。

她把工具和急救包放進保冷箱，加上某乘客海灘袋裡的毛巾。卡莉脫下圍裙穿上救生衣。她沒脫鞋，往後跳進水裡。水溫大約華氏七十五度，但在水浸濕她的衣物時還是感到涼意。她雙腳踩到了海底，海草在她腳踝搔癢。她身邊的船顯得很高，上下漂動。

船長把保冷箱遞下來，蓋子用電線綁住。

從海平面看來，多腳的紅樹林也顯得很高大，從海水冒出來往島上爬。

比斯坎灣的海底充滿了往來船隻挖出的溝渠狀管道，卡莉必須推著保冷箱踢腿游過去，慶幸她穿著運動鞋。

又踩到淺海底。她把保冷箱拖在身後，直到必須抬起來，側向移動找路穿過雜亂的紅樹林上岸。

這時來到樹下，已經忘了那隻鳥的位置。她回頭看著船，船長示意她往南走。不輕鬆。地面覆蓋著垃圾——保冷箱、瓦斯罐、糾纏的釣線、兒童椅、汽車座椅、有鹽漬的坐墊、腳踏車輪胎、單人床墊。許多是潮汐遺留的，損毀的廢棄物，從不遠處注入海灣的里特河（Little River）漂過來的。

她涉水走向看起來宛如她的人生，或幾乎像她人生的垃圾堆——她沒看到任何人體殘骸。

那隻鳥掛在離地約五呎的樹枝上，雙腳和腿纏著粗重的碳纖維釣線，頭下腳上緩緩旋轉，虛弱地拍動一側翅膀，爪子抓不到東西。牠張著喙，從淡紫色的嘴巴邊緣輪廓中吐出黑色小舌頭。那隻魚已經乾枯了，眼睛凹陷，牠已經死了好多天，卡莉站在下方聞得到臭味。

她盡量靠近鳥兒但避免被牠的喙啄到。她把一些樹葉、細枝在鳥兒下方踢成一堆，把海灘毛巾攤開在上面。

她往鳥兒伸手，一手抓住釣線纏在兩根手指上同時嘗試用鉗子的剪線刀從樹枝下把它切斷。刀刃只損傷了強韌的尼龍線但沒有剪斷。她掏出口袋小刀，看也沒看地用拇指張開刀子。她的刀子很鋒利。

刀子的鋸齒部分鋸斷了釣線，鳥兒雖然僅三磅重，拿在手上也挺沉甸，在振翅摩擦到她的腿時忽重忽輕，她把鳥放到毛巾上輕輕用毛巾捲起來，牠的爪子插進了布料裡。

她把鳥放進蓋子虛掩的保冷箱時聽到一個尖銳的叫聲。她踏在垃圾疊高的地方，保冷箱頂在頭上以便看清落腳處，涉水穿過垃圾回到海水中。這時改讓保冷箱浮在身前，穩住箱子繼續前進。

有隻在海底休息的魟魚被驚動，拍動身體游走。一群海豚經過，她在船上傳來的叫聲中聽見牠們的呼吸聲。胡麗葉塔這時在水中向她游過來，有個德國觀光客看到水裡兩個年輕女子，急忙脫掉褲子想幫忙，穿著短袖汗衫跳進水裡來救援。他夠高能把保冷箱放到船的舷側上。

他們在稀疏的掌聲中把鳥放在酒吧的桌上。

布蘭柯博士看著他們。卡莉也看著她。

「卡莉，妳看該怎麼辦？」布蘭柯博士說，「就當作我不在。」她推一下她丈夫。

「博士，牠嚴重缺水，」卡莉說，「我會補充水分，固定翅膀，放在黑暗中保暖直到我們回到保育站。」

「就這麼辦。」布蘭柯博士坐到看得到她的座位上。

卡莉摸索毛巾裡面，抓住鳥兒，用一手手指夾住鳥腿，她和胡麗葉塔用包紮繃帶做了個8字形鳥翼綁帶固定住受傷的翅膀。向南航行時卡莉用吧台拿來的吸管抹油插進鳥的喉嚨，找到食道口把它滑進去。

「牠不會痛嗎？」有個乘客問。

卡莉沒回答。她戴著別人的眼鏡，把水從她嘴裡導入吸管，鳥兒呼出溫熱魚腥味的空氣到她臉上，牠瞳孔的黃色大環很貼近她的眼睛。

他們把鳥兒放入他們用來復健夜鷺的籠子，用吧台毛巾蓋住門。

「我無法像對小狗之類的一樣爲牠感到難過，我是說——牠們只會獵殺東西，」

有個乘客說。

「你在吃的是雞翅嗎？」布蘭柯博士問。她的視線找到了卡莉，卡莉正在擦酒吧桌子並試著擺脫德國幫手，他也很想在酒吧或她肯讓他協助的任何事情上幫忙。

「卡莉，星期一來找我。我有事交代妳，」布蘭柯博士說，「我丈夫說反正他要付錢給一堆律師，我們來試試萬一有什麼事——這是他們的說法——看看他們能否幫妳的證件做什麼。他說為了支撐妳暫時保護身份的『確切恐懼』，他們必須拍些妳手臂的照片。」

卡莉發現有電視台在拍攝，她轉頭避開攝影機也拒絕受訪。

漢斯彼得在晚間電視新聞中認出了卡莉的手臂疤痕。他不認為她會需要雙臂。最好製造個迷人的不對稱。他打開他的資料夾開始畫素描。

25

海地貨船傑奇里維號停在邁阿密河上游四哩處的碼頭上。船甲板上的警衛看到河面上三縣鐵路的高架拱橋與七彩霓虹燈。他身邊有些色情雜誌和一把合法的短散彈槍；從後膛測量起，槍管長十八點一吋。他脖子上戴著橘色領巾。他是個嚴謹的人，爲了做好工作準備，吃了整整兩顆酪梨當午餐。

漢斯彼得的手下法可帶著 AR-15 步槍和腰帶上的手槍，站在警衛旁邊。

夜幕降臨時他們看著河流上下游的燈光亮起。

法可聽到下游的餐廳傳來微弱音樂聲。他們在播尼基・詹姆的〈胡鬧〉，一定有舞會，女孩們的奶子隨著音樂節奏跳動，一個接一個。他跟那個胸前有青鳥刺青的女孩跳舞時，小妞夜店就播這首歌，他們到外面找輛車試了幾次撞匙（注：key bumps，一種開鎖技巧），上車親熱起來然後——哇！法可好希望自己是跟某個火辣小妞在河濱餐廳吃晚餐，而不是跟這個三不五時偷放屁的混蛋警衛坐在這兒。

傑奇里維號下層甲板的破舊幹部起居室裡，漢斯彼得・許奈德跟羅德岱堡來的克萊德・哈波與二副，衣服上有肩章的海地年輕人，正在商議。二副把負責船上起重裝備的水手長湯米也叫進來。湯米喜歡被稱作水手長（注：bosun，正式名稱爲boatswain）是因爲這在牙買加方言裡的另個意思是「勃起」。

船長在岸上，方便日後卸責。漢斯彼得的手下馬泰歐端著一把十二口徑散彈槍守在艙梯底端。

「菲力克斯在哪裡？」哈波想要知道。

「他的小孩要割扁桃腺，」許奈德說，「老婆要他去醫院陪她。」

許奈德把艾斯科巴露台的建築藍圖攤在桌上，還有從安東尼奧的相機取得的海堤下方破洞的照片。

哈波也有他使用裝備的照片。「這是船上裝的加長型怪手和液壓剪，我們不必轉向就能使用。我們有五十噸液壓絞盤。可以拖得出來。」

「只需一次漲潮。」

「我們一次漲潮搞定。你確定不要我們把它甩到船上？」

「你們得完全照我說的做。放在小駁船上。用吊貨網包住。帶來這兒。」

許奈德轉向船上幹部。「你們把起重機準備好。讓我看看你們打算把東西放哪裡。」

他們跟著水手長往後方走進船的貨艙。

「那邊，」年輕水手長說，「經過主艙口垂降到貨艙，用腳踏車蓋住。我們在甲板上用另一堆腳踏車蓋住艙口。」

¶

外面艦橋上的警衛看到一輛午餐車從河邊道路駛來。車上喇叭大聲播放〈蟑螂歌〉。

警衛摸摸肚子。他放了個酪梨氣味的屁。「我得上大號，」他說，「幾分鐘就回來。」他丟下法可在艦橋上跟他浪漫幻想的破爛雜誌一起，揮走他鼻子前面的空氣。

坎蒂把午餐車開到碼頭上，停好車之後下車。

坎蒂穿著超短褲和橫膈膜處打結的上衣，看起來很漂亮。

她向貨船艦橋上的法可大聲說，「嘿，我有賣熱餡餅。」

「是喔，」法可自言自語說。

「一塊半附冰啤酒。有人在嗎？我知道他們會想吃。一塊半。你也可以買一份請我。」

她等了一下，聳肩，作勢要回車上。

「妳向自己買啤酒怎麼算？」法可從跳板上走下來說。

「我希望是用你的錢，」坎蒂說。她看得出他衣服上的配槍痕跡。他把步槍留在艦橋上了。

她打開午餐車的後門。裡面半空。兩個保溫箱裝著熱餡餅和冰啤酒，還有一個大冰櫃和一台瓦斯烤爐。

她打開一瓶總統牌啤酒遞給法可。「要去坐長凳上嗎？我來拿派。」她背上背包拿起食物。

他們坐到碼頭的長凳上，背對著貨船。

她拍拍法可的大腿。「挺好吃的，是吧？」

法可在咀嚼。「妳的喇叭在播〈蟑螂歌〉，眞好笑，」他含著滿嘴食物說。他歪頭在偷窺她衣服裡面，所以吞嚥有困難。

維多、丘洛和帕可在他們背後溜上跳板到了船上。

「妳好漂亮，」法可說，「妳還有賣什麼東西？我們可以到妳車上。」

坎蒂等到一艘船通過。她看看河面上下游尋找其他船隻但沒發現。

「先幫妳撬鎖孔，事後給一百，」法可說。他向她亮出一張百元鈔。

坎蒂按下她車鑰匙的上鎖鈕，卡車的車燈閃爍一下。

船內發出兩把 MAC-10 機槍開火的聲音，舷窗出現閃光。

坎蒂從皮包裡向法可開槍，命中他胸腔兩次。她把槍夾在腋下又開了兩槍。

她看看他的臉確認他死了，把百元鈔收進口袋。坎蒂把酒瓶、吃了一半的餡餅和紙巾全丟進河裡。

有條魚浮上來吃餡餅。隔岸的餐廳傳來微弱的音樂。寂靜之中有隻海牛帶著幼崽浮上來呼吸。

貨船裡，哈波和年輕二副、水手長都死了。馬泰歐不見蹤影。

漢斯彼得・許奈德頭上染血躲在桌子下。維多又向他開槍，子彈拉扯著許奈德的外套和上衣，他身上飛散出塵土。文件還在桌面上。丘洛慌亂地掏許奈德的皮夾。

「走！」維多說，「快走！別耽擱！」

維多和帕可跑向前方艙梯上到甲板。丘洛逗留，想要剝下許奈德的手錶。在他拉扯時許奈德射中他。許奈德站起來奔向船尾的艙梯。維多和帕可向他開槍，子彈尖叫著在金屬上彈跳。

許奈德在甲板上仰倒在欄杆上掉進靠河那側的水中。維多和帕可向他開槍，他沉入水下。他們下去貨艙找丘洛。

維多伸手放在丘洛脖子上。「他死了。拿走他的證件。」

他們跑下跳板到碼頭上，把連發手槍丟進大冰櫃裡。

馬泰歐開著許奈德的車跑了。

「那些文件，」坎蒂說，「文件在哪裡？」她把空彈殼倒進皮包裡，用彈夾重新裝填。

「文件，幹——我們快去，」帕可說。

「他媽的。去拿那些文件。你確定丘洛死了嗎？」

「操，你以爲我會丟下他嗎，」維多說。

坎蒂闔上她左輪槍的彈倉。「來吧。」

他們到貨艙裡把圖片塞進坎蒂的包包。丘洛屍體的眼神正在乾涸。他們沒有回頭看他。

碼頭上，帕可跑向停在路上的旅行車，坎蒂和維多則上了午餐車。他們呼嘯離去。遠處傳來汽笛聲。

鐵橋下方的魚兒感受到高架鐵路上的火車接近。三縣鐵路的列車駛過河上，搖落了橋上的蟲子，蟲子紛紛掉入水中。等待的魚群爭搶吞食蟲子，在平靜的河面上造成漣漪。

26

坎蒂開著午餐車。她看得到機場燈光，掃過的探照燈。有架飛機低空掠過頭頂時，她必須大聲跟身邊的維多說話。

「文件上說什麼，哪個停車場？」

「D大廳的對面，」維多說，「在國際線出境處對面。我們的班機四十分鐘後起飛。」

他們接近一處鐵路平交道。平交道的燈光亮起，警鈴也開始作響。

「該死，」坎蒂說。她緩緩停住車，一列遲緩的貨運火車通過。坎蒂轉轉照後鏡查看自己的妝。一陣連發子彈從後方掃過前座，她的臉瞬間爆炸。她身旁的維多也被擊斃。坎蒂的屍體癱在方向盤上，壓得喇叭大響。〈蟑螂歌〉反覆伴隨平交道鐘聲與火車引擎聲播放。她的腳從剎車滑掉，卡車開始爬向行駛中火車。

卡車的後門打開。渾身血跡的漢斯彼得・許奈德爬出後廂，殘破的襯衫裡露出他的防彈背心。他拿著連發手槍。另一輛車駛來，是計程車。司機想要迴轉逃走但是許奈德從側窗射擊他，把他拖出來推到地上。他爬進駕駛座，往午餐車後廂的瓦斯筒開了幾槍。爆炸時的強風連許奈德開走時都感受到計程車在搖晃。

¶

許奈德壓下計費錶的小旗子，駕駛計程車，小聲開著收音機。他是向打開的車窗開槍，但是前座車窗上有彈孔。他可以搖下車窗。座位和方向盤被骨頭碎片濺得又黏又髒。

計程車上可能沒有防盜追蹤器，但是計程車行能用衛星看到他的位置。他還沒被通緝，但很快就會有車子的協尋布告。他渾身血腥又潮濕，上衣破爛不堪。他邊開邊用鼻子哼歌。偶爾還會說「好耶！」。

前面有個公車站牌。有個老頭坐在長凳上。他戴著翻緣草帽，身穿花卉圖案短袖襯衫，手上拿著紙袋裝的冰涼 Corona 大瓶啤酒。

許奈德把槍藏在大腿和車門之間。他從前座探頭出來。

「欸。你。」

老頭終於睜開眼睛。

「欸。我出一百元買你的襯衫。」

「什麼襯衫?」

「你身上穿的這件。過來。」許奈德舉起鈔票，趴在前座車窗上。老頭起身走到車邊。他有點跛腳，用潮濕的眼睛看著許奈德。

「出兩百五我可能願意賣。」

許奈德的嘴角有個泡沫。他拿出MAC-10手槍指著老頭。

「把襯衫給我，否則打爆你他媽的頭！」他忽然想到開槍一定也會毀掉那件襯衫。

「話說回來，一百塊也行，」老頭說。他脫下襯衫遞進車窗裡。他拿走許奈德手指夾住的百元鈔。「我還有些褲子你可能有興趣——」話沒說完許奈德已經開走了。

老頭只穿著內衣和褲子坐回座位上，用紙袋喝了一大口酒。

許奈德把計程車開到了最近的地鐵站。

馬泰歐接聽許奈德的電話。

「我開你的車子脫身了，」馬泰歐說，「很抱歉。我以爲你——你知道的——他們好像打中你了。」

漢斯彼得用車子裡的地墊包起槍枝夾在腋下，等馬泰歐來接他。

¶

漢斯彼得在他的海邊倉庫裡，網路偷窺秀攝影棚旁邊有兩個私人房間。其中一個房間裡堆了很多暗紅色的壁紙和絲絨，還有些銀灰色毯子。

另一個房間是隔音磁磚房，地板中央有排水孔。裡面是他的大淋浴室和三溫暖，有高低不等的噴嘴，他的冰箱和火化機，他的口罩和黑曜岩手術刀——六毫米和十二毫米寬的——每支八十四元，比鋼鐵銳利多了。

他穿著衣服坐在浴室地板上讓熱水沖掉他身上的血。水流過他背心底下時，他脫掉背心跟老頭的襯衫一起丟到房間角落去。

房間裡有音樂。許奈德把遙控器裝在保險套裡，發訊端突起像個扁平小天線。他放在肥皂盤裡。他播放舒伯特的《鱒魚四重奏》。那是他巴拉圭老家常聽的音樂。週日他在等待被懲罰時會連播整個下午。

音樂先小聲然後變大，大聲迴盪在磁磚淋浴室裡，許奈德坐在地上，往角落俯身讓水沖走衣服上的血。他手臂迅速一個動作，身體放鬆，把他的阿茲特克亡人哨舉到唇邊，使盡力氣吹個不停，哨聲蓋過音樂，宛如一萬個受害人在慘叫，阿茲特克皇帝加冕的音樂淹沒了《鱒魚四重奏》。他一直吹到癱倒，臉孔貼近排水孔，睜著眼睛，讓排水孔周圍的旋轉水流填滿視野。

27

漢斯彼得這時梳洗完畢，躺在他的床上，丟在浴室地上的衣服上血跡已被洗掉。

爲了找地方讓心智休眠，他漫步穿過越來越老舊的回憶室，最終來到他年輕時在巴拉圭用的走入式冷凍庫。

他父母在冷凍庫裡，隔著門他聽得見他們的聲音。他們出不來是因爲庫門被漢斯用鐵鍊綁上打了結，按照他父親教他的鐵鍊綁法，搖晃鏈結直到環節被壓緊。

漢斯彼得躺在邁阿密的床上，想像著天花板上幻覺影像的配音。他從混雜著他們特徵的臉上，發出自己父母親的聲音。

父親：他在開玩笑，他會放我們出去。到時候我會打到他屁滾尿流。

母親，隔著門大喊：漢斯，親愛的。玩笑結束了，我們會感冒，你還得準備面紙和熱茶伺候。哈哈。

這時漢斯彼得的聲音模糊，手掩著嘴重複他隔門聽到的話，好久以前一整晚的模糊懇求。

「噗，噗，噗，」漢斯說，好像他黏在冷凍庫通風口連接到汽車排氣管的顫抖水管。

四天四夜之後他打開冷凍庫門，他父母坐著，沒有互相擁抱。他們看著他，冰凍的眼球閃亮。他們在他揮舞的斧頭下裂爲碎片。

碎片停止彈跳；兩具人形靜止，就像漢斯彼得在邁阿密的溫暖床鋪上天花板的壁畫。

他翻個身，像屠宰場的貓一樣睡著。

¶

漢斯彼得在一片漆黑中醒來。他餓了。

他走到黑暗中的冰箱打開門，忽然在黑暗的室內現形，被冰箱燈光照出蒼白的裸體。卡拉的腎臟在架子底層的冰塊盒裡，形狀完美的粉紅色，灌滿了生理食鹽水準備好出貨給器官販子。漢斯彼得要價兩萬美元。要不是被艾斯科巴豪宅的工作絆住，他原本可以提議帶卡拉回烏克蘭老家，在當地摘她的腎賣到二十萬美元的。

漢斯彼得討厭吃飯時間和餐桌儀式，但是他餓了。他沾濕廚房紙巾的一端把它掛在冰箱握把上。他在地上攤開另一張紙巾。

漢斯彼得雙手拿了一隻烤全雞在心中默念禱詞，他曾經在家中餐桌講完挨揍的那句話：「我操這該死的鬼東西。」

他站在打開的冰箱前像咬蘋果般啃食全雞，扯下大塊雞肉然後轉頭囫圇吞下。他暫停一下模仿卡莉・摩拉的白鸚鵡：「卡門，搞什麼鬼？」然後咬了又咬。他從冰箱拿出牛奶，喝掉一些把其餘的倒在自己頭上，牛奶沿著他雙腿淌下再流向排水孔。

他用紙巾擦乾臉上與頭頂，唱著歌走到蓮蓬頭底下：「Kraut und Rüben habenmichvertrieben; hättmein' Mutter Fleischgekocht, so wär' ich längerblieben。」

他好喜歡這首歌，又用英語唱了一遍：「酸菜和甜菜會把我嚇跑；要是媽媽有煮肉，我就留下來。」

唱著，唱著，漢斯彼得把他的黑曜石手術刀放進殺菌機裡，在邁阿密的整形外科很常見的機器。他小心處理這些纖細的火山岩刀子。它比剃刀鋒利十倍，厚僅三十埃（注：angstrom，厚度單位，相當於0.1奈米）的邊緣可以切開細胞而不撕裂。毫無感覺的你直到看見流血才會發現自己被割傷了。

漢斯彼得的口中發出卡莉・摩拉的聲音：「Publix 連鎖超市有好吃的肉餅。Publix 連鎖超市有好吃的肉餅。Publix 連鎖超市有好吃的肉餅。」

他用濕的廚房紙巾擦擦手。「還有午餐攤販車，」他用卡莉・摩拉的聲音說，「我最喜歡 Comidas Distinguidas 牌。」

接著換成鸚鵡聲：「卡門，搞什麼鬼？」

他撿起亡人哨在地板往排水孔傾斜的磁磚室裡吹個不停，他的液態火化機像個緩慢的節拍器不斷發出潑濺聲。

28

伊姆蘭先生在晚上十一點過後不久抵達漢斯彼得住的地方。他坐在廂型車的第三排座位。拆掉中排座椅的地板上有毛毯覆蓋的一堆隆起。廂型車停下之後那堆隆起稍微動了一下。

伊姆蘭先生是來爲他的富豪雇主、茅利塔尼亞的格尼斯先生採購的，漢斯彼得從來沒見過他。

司機下車替伊姆蘭先生打開側門。司機是個冷淡的大塊頭，有著一對花椰菜耳。漢斯彼得注意到司機雙手衣袖裡戴著射箭護臂。漢斯彼得沒太靠近廂型車。他也沒靠近伊姆蘭先生，因爲他知道伊姆蘭先生會咬人，他未必有辦法應付。

漢斯彼得在口袋裡放了一支電擊棒。

他們一起坐到漢斯彼得淋浴室的凳子上。

「介意我抽電子菸嗎？」伊姆蘭先生說。

「不會，請便。」

伊姆蘭先生點燃時冒出一些香味蒸氣。

液態火化機輕微搖晃發出咕嚕聲，把鹼液潑灑到卡拉的屍體上。

漢斯彼得戴著他的耳環，還有放了卡拉父親照片的項鍊墜子。他假裝墜子裡是他的父親，而且裝滿了一氧化碳。

伊姆蘭先生和漢斯彼得不發一語看著機器幾分鐘，像是專注看球賽的人。漢斯彼得在液體中加了點螢光色，機器往上沖的時候卡拉會出現，她的頭骨和殘餘臉孔在閃爍。

「這個顏色挺合適的，」伊姆蘭先生說。

他的目光對上漢斯彼得，各自都在想把對方活活溶解會多麼有趣。

「你把她活著丟進去嗎？」伊姆蘭先生用機密口氣問。

「沒有，很遺憾。她在半夜企圖逃走時受了致命傷。即使死了，他們被溶解時的動作也很有娛樂性，」漢斯彼得說。

「你想，你可以幫格尼斯先生家裡裝一台這種機器，用清醒的人示範嗎？」

「可以。」

「你說今天有東西給我看。」

漢斯彼得遞給伊姆蘭先生一個大號皮面資料夾，封面壓印了花卉圖案。裡面是用手機鏡頭偷拍的卡莉．摩拉在艾斯科巴豪宅與花園工作時的照片，還有漢斯彼得的素描建議圖。

「嗯！」伊姆蘭先生說，「對，格尼斯先生對這些東西很熱心也感激你供貨。

相當不錯。她的疤痕是怎麼來的？」

「我不曉得。隨著工作進展她可能會告訴你——我猜應該會有工作？」

「喔是啊，」伊姆蘭先生說，「我希望能有榮幸目睹與聽到對話——對話是最精彩的部分。」他露出微笑。伊姆蘭先生的牙齒像老鼠似的往後傾斜，但是接近水獺牙齒的銹橘色，因爲牠們的牙質富含鐵質。他的嘴角有污漬。

「主要工作應該會在另一端完成，伊姆蘭先生，因爲事後她會很難搬運。這可不像在機場摘腎臟那麼簡單。」

「這是我們格尼斯先生要親手參與的計畫，」伊姆蘭先生說，「他希望積極參與每個階段。他需要加強西班牙語嗎？」

「那無妨。她的雙語能力很強。不過被逼急了，她可能會改說西語——他們經常這樣。」

「格尼斯先生想要凱倫・基佛來提供刺青服務，畫他母親格尼斯夫人的肖像。他希望在初始工作完成並且治療完畢之後，在現場把圖畫在目標身上。」

「很可惜，凱倫還要一年左右才能服完她的刑期。」

「計畫上長期而言還是辦得到的；格尼斯夫人的生日年年都有。凱倫出獄之後能夠旅行嗎？」

「可以，只要我們付清罰鍰，重刑犯也可以申請護照，」漢斯彼得說。

「格尼斯先生很重視她的肖像要有正確顏色和漸層。」

「凱倫很厲害的，」漢斯彼得說。

「在剩餘刑期提供基佛小姐格尼斯夫人的肖像照片供研究會有用嗎？」

「我會問問她。」

「你什麼時候能交出這個……」

「摩拉，」漢斯彼得說，「她名叫卡莉・摩拉。如果格尼斯先生派他的船過來，我們可以協調一下。我可能還想運送其他東西。很小，但是很重。」

「她會需要飼養調教一陣子，」伊姆蘭先生說，「我們可以在船上開始進行。」

伊姆蘭先生在他的鰻皮日記裡記下了幾件事。

液態火化機的搖晃動作開始發出叮噹聲，溶解著卡拉。

「你聽到的是鎖甲比基尼的聲音，」漢斯彼得說，「肌肉溶掉之後它開始撞擊骨頭發出聲音。」

「我們要買一套，」伊姆蘭先生說，「調整尺寸會很困難嗎？」

「完全不會，」漢斯彼得說，「提供附加扣環不另收費。」

「我可以看腎臟嗎？」

漢斯彼得從冰箱拿出卡拉的腎臟。

伊姆蘭先生戳戳保存腎臟的水與冰塊上覆蓋的塑膠膜。「兩邊的輸尿管都有點太短呢。」

「伊姆蘭先生，腎臟的位置會在骨盆裡，離膀胱只有一吋，腎臟原本的位置比較高。已經很多年沒人把腎臟放在原位了。這是潮流。而且輸尿管不難找。」

伊姆蘭先生帶著那對浸泡在生理食鹽水的粉紅色腎臟離開。想想被移植者只要靠一個腎臟就可以活，只要切開兩個傷口就沒人看得出來，伊姆蘭先生在車上吃掉了其中一顆。

他揚起眉毛。「鹹鹹的草味！」他說。

29

「海洋黃金」是哥倫比亞巴蘭基亞市海邊的一座小型魚罐頭工廠。恩尼斯托老大的對開式車門六三年份林肯轎車跟漁民們的破爛卡車停在一起。

在頂樓的會議桌上，恩尼斯托老大正與德州休士頓來的 J.B. 克拉克和工廠經理瓦德茲先生談話。老大在協助創業。桌上有兩盤蝸牛和一瓶葡萄酒。體型太大坐不進椅子的戈梅茲坐在看得到門口的地方，用帽子給自己搧風。他的角色是保鑣，但恩尼斯托老大會容忍他插嘴。

克拉克是個廣告商。他打開作品輯。「你說你想要能暗示獨特與聲譽的廣告。像是『聲望非凡』的字眼。」

「精緻又聲望非凡的蝸牛，」恩尼斯托老大說，「這適合印在標籤上嗎，或者太長了？」

「印得下的。我會處理。」克拉克拿出罐頭標籤的圖畫。其中一張的主題是艾菲爾鐵塔和西班牙文的「優質蝸牛」口號，另一張則是英文「優質蝸牛」和法國主題。

另一張的背景有個酒莊，近景是隻停在植物莖上的蝸牛。所有標籤都印著「哥倫比亞包裝出品」。

「為什麼要印『哥倫比亞包裝出品』？何不改成『法國包裝出品』？」戈梅茲說。

「因為那樣就違法，」克拉克說，「你們是在這裡包裝的，對吧？法國主題只是個促銷手段。」

「對，那樣不道德，戈梅茲，」恩尼斯托老大說。

「你們的廣告影片可以用宏都拉斯歌曲〈蝸牛湯〉，」戈梅茲建議。

「那不是法語，」克拉克說。

「標籤上會有動物膠。我們必須舔嗎？」工廠經理問。

「不用，瓦德茲先生。我們做市場測試之後會買貼標機器，」恩尼斯托老大說。「你只管裝罐。外殼給我看看。」

瓦德茲抬起一個箱子放到桌上。他抓出一把蝸牛殼放在桌上。

戈梅茲聞聞其中一個，皺起鼻子。「聞起來像過期奶油和大蒜。餐廳丟棄時不會先清洗過，他們只會洗盤子。」

「我們試過浸泡，但是洗潔劑會讓顏色變淡，」瓦德茲說。

「試試 Fab 洗潔劑，有檸檬芳香的硼砂，」單身漢戈梅茲說。

恩尼斯托老大推開圖畫。「克拉克先生，我希望你在標籤裡放些簡單高雅的東西。蠟燭，女性的手握著葡萄酒杯頸。我希望你表達……你把這些高級蝸牛上菜給女士，她會看出你身爲男人的價值。」

「或許她一吃完蝸牛就會給你一點 gatita dulce。意思是『甜頭』，」戈梅茲解釋。

「他知道是什麼意思，」恩尼斯托老大說，「呃，瓦德茲，這些蝸牛哪一盤是眞的法國貨？」

「綠色盤子的。」

「啊，所以一盤是最優的法國蝸牛，另一盤是我們自己的產品。你也看到了兩邊一模一樣。我相信用餐體驗也沒什麼差別。我們試吃看看吧？」恩尼斯托老大說。

所有人面露憂色。

瓦德茲說，「如果可以的話，恩尼斯托老大，我不用——」

「所以我們才帶亞歷漢卓來。戈梅茲，叫他來。」

恩尼斯托老大從綠色盤子選了顆法國蝸牛，戈梅茲帶年約三十五歲的亞歷漢卓回來之後，示意他吃掉。亞歷漢卓戴著名牌草帽、艾斯科式領帶和飄逸的口袋方巾。恩尼斯托老大把蝸牛放到藍色盤子上。「亞歷漢卓是世界聞名的傑出美食家和評論家。而且，克拉克先生，亞歷漢卓在所有居家雜誌社都有朋友。」

亞歷漢卓坐下來跟克拉克握手。「恩尼斯托老大太客氣了。我只是享用我的餐點，有些人認爲我是假貨。」

恩尼斯托老大倒了杯酒給他。「清洗味蕾，我的朋友。首先，嚐嚐法國普羅旺斯南岸土產的蝸牛吧。」

恩尼斯托老大遞上法國蝸牛。

亞歷漢卓含在嘴裡翻來覆去。他啜了口酒然後猛點頭。恩尼斯托老大再給他一隻自家產品樣本。

「這個呢，出自布列塔尼，也是法國的。」

亞歷漢卓把它從殼裡挖出來嚼了半天。「風味類似，恩尼斯托老大，但是第二種比較有……嚼勁，而且味道比較明顯。」

戈梅茲這時不斷打起噴嚏，只好用寬大的領帶末端摀住臉。

「你會買嗎？」恩尼斯托老大說。

「其實我會偏好第一種，但如果我買不到，對，我會買第二種。我猜第二批蝸牛用加氯的水清洗過——有我討厭的城市自來水的輕微氯氣餘味。你們或許可以轉告布列塔尼產地的人。」

「你會認爲嚼勁很好，我們該強調你們葡萄酒專家所謂的『口感』嗎？」

「一定要，」亞歷漢卓說，「口感，嚼勁好，有滋味。」

「概念上，那是我們會採取的方向，」克拉克說，「我在考慮做雜貨店貨架用的宣傳卡。像『太美妙了——趕快買！』之類的。」

「克拉克先生，亞歷漢卓，倒杯酒拿著，我們到車上會合。」

戈梅茲倒滿他的杯子。「這酒的味道或許還更明顯呢，」他說。

瓦德茲打開工作室的門鎖，讓恩尼斯托老大和戈梅茲通過之後又上鎖。

恩尼斯托老大向他耳語。「我可能在戈納伊夫需要運送一個沉重的東西。你的甲板起重機得舉起或許八百公斤吧。從船上卸下來放在卡車上，送到海地角再裝上飛機。你在機場會需要堆高機。」

「大飛機嗎。」

恩尼斯托老大點頭。「DC-6A型。」

「貨艙門有好的起重機嗎？」

「有。」

「裡面有拖車或者我們要自備？」

「它有拖車。飛機上會載一些洗碗機和冰箱，我的東西會塞在中間的空隙。精確的配重位置很重要。我可以給你或許八天準備時間。貨物也有可能改從飛機轉移到船上，要看情形。」

「隨時效勞，恩尼斯托老大。那麼文件呢？」

「我會搞定海關。」

房間後方有個類似禽肉處理廠的生產線。死老鼠用尾巴吊掛在移動的產線上。老鼠中夾雜著少量負鼠。有一群婦女把死屍剝皮割下肉片。有台精美鍍鎳模板的人工操作壓印機，把每個肉片切成三隻假蝸牛。

「我在巴黎花了一萬兩千歐元買那台機器，」恩尼斯托老大說，「從埃斯科菲耶的時代就被用來製造蝸牛。還有附贈的貓肉專用模板。有些人認爲貓肉更像蝸牛，甚至超越這些有機鼠肉。」

恩尼斯托老大拿起一個記事板把某個項目剔除。

戈梅茲跟著知名湯品廣告歌的韻律唱著：「不管大貓小貓，好吃好吃好吃！」

他們離開大樓時，戈梅茲交給恩尼斯托老大一條黑領帶和哀悼臂帶。「在這兒戴上比車裡方便，」他說。

他們把林肯車留在罐頭廠，改搭保羅駕駛的裝甲休旅車。他們要去參加黑素斯・維拉利爾的喪禮。

¶

恩尼斯托老大在車上接了兩通加密電話，一通是麥德林的帕可打來的。邁阿密河畔的槍戰後只有帕可一人在邁阿密搭上飛機，他選了個周圍沒人的位子回到家了。

漢斯彼得・許奈德死了嗎？帕可不知道。他只看到兩個漢斯彼得的手下還有另兩個應該是船員的屍體。

恩尼斯托老大低聲跟他交談，然後不發一語望著窗外片刻。那個叫坎蒂的女人。他想起他和坎蒂在聖安德列斯島上的高級飯店沉溺性愛，氣喘吁吁的時候。

¶

恩尼斯托老大提早半小時抵達墓園，從休旅車的深色車窗觀察黑素斯・維拉利爾的出殯隊伍來到。恩尼斯托老大打開黑素斯・維拉利爾遺孀送來的紙條再看一遍：

敬愛的先生，

如蒙大駕出席喪禮，黑素斯會很榮幸。這對您或許也像對我們家屬一樣是個安慰。

遺孀和她兒子乘坐一輛克萊斯勒抵達，有個戴著顯眼灰色小帽的英俊中年男子陪同。

戈梅茲用望遠鏡掃視人群。

「那個黑外套的男人身上有槍，」戈梅茲說，「褲子右前方口袋有槍套。等他轉過身來。右肩也有槍套。他是左撇子。司機站在車子行李廂旁邊。他有手槍，手拿汽車鑰匙。行李廂裡可能有長槍。他的司機外套裡穿著防彈背心。我們派了奧格尼桑提和奎瓦斯監視他們。老大，不如我去跟遺孀打招呼幫你傳話吧？」

「不用，戈梅茲。保羅，那個怪髮型的傢伙是誰？」

「他是個罪犯律師，巴蘭基亞來的迪亞哥・利瓦。他幫挾持公車的霍蘭德・維耶拉辯護過，」保羅說。

在他們注視下，迪亞哥・利瓦把一個黑色皮面信封遞給遺孀。她藏在皮包後面拿著。黑素斯・維拉利爾的墓旁聚集了大約三十個哀悼者。那只是巴蘭基亞公墓裡精美大理石墳墓之間的一個坑——卡塔吉納的墓園有個漂亮的大理石天使，恩尼斯托老大打算把實際物主的銘文鑿掉之後送給維拉利爾遺孀。

維拉利爾太太穿著樸素的黑色喪服。兒子穿著堅信禮服裝站在她旁邊，表情肅穆。恩尼斯托老大走近他們。他先跟兒子握手。「現在你是一家之主了，」恩尼斯托老大說，「如果你們母子需要什麼就通知我。」

他轉向遺孀。「黑素斯在許多方面是個可敬的人。他言出必行。我希望有人也能這樣形容我。」

維拉利爾太太掀起面紗看著他。「房子非常舒適，恩尼斯托老大。錢也送到了。謝謝。黑素斯吩咐我——這些事辦好之後我必須交給你這個。」她把黑信封交給恩尼斯托老大。「他說你最好很仔細看過之後再採取其他行動，」她說。

「夫人，容我請問爲什麼會在狄亞哥・利瓦手上?」恩尼斯托老大說。

「他幫黑素斯處理事情。我們都怕敵人會搶走。狄亞哥・利瓦替我保管在他的金庫裡。感謝你做的一切，恩尼斯托老大。還有，恩尼斯托老大?上帝保佑你。」

一架灣流四型飛機在恩尼斯托柯提索茲國際機場等候。喪禮結束後二十分鐘，恩尼斯托老大跟手下登機飛往邁阿密。

恩尼斯托老大把黑素斯・維拉利爾的文件放在小桌上。他很仔細讀過一次，然後打給邁阿密的馬可船長。

「你知道漢斯彼得・許奈德死了沒有嗎?」

「我不知道，老大。我們沒看到他的任何跡象。我們沒看到房子有任何動靜。也沒有警察。」

「我快到了。我們佔領房子。你替我查明你朋友法沃里托在幹什麼。你聯絡得上他嗎?」

「可以，老大。」

「你找到那個女孩卡莉沒有？她有用處嗎？」
「有，但是她說她不參加，老大。」
「我知道了。馬可，說說看她想要什麼。」

30

美國陸軍第四級專家伊莉安娜・史普拉格終於在邁阿密退伍軍人醫院弄到了私人病房。她躺在床上，一條腿打石膏用吊帶抬高。她是個粗壯的人，雀斑下一張蒼白的臉。她容貌很年輕，但因苦難而扭曲疲憊。石膏裡的腿發癢，整個下午相當難熬。她父母會盡量從愛荷華州過來探視。

她有隻塡充玩具狗，鏡子上有些慰問卡片。貼在牆上的汽球裡氦氣早已漏光。像發皺的乳房垂下來。她還有個咕咕鐘，大家都知道已經故障了。她認爲或許時鐘是正確的——時間根本沒有經過。

她的病友法沃里托三十五歲，有張開朗紅潤的臉，沒有私人病房只能湊和，有些陸戰隊員在角色扮演，幫角落電視靜音播放的肥皂劇角色配音，一路亂掰淫穢對話。

有個軍械士在幫螢幕上的純真女孩編台詞：

「喔，勞爾，」士官尖起嗓子說，「那是維也納香腸還是你的雞雞？！」

法沃里托很無聊。他轉著輪椅到伊利安娜的病房，向伊莉安娜自我介紹是法沃里托醫師，咕咕鐘醫師。他請求許可檢查時鐘。他把她的鐘從架上拿下來，把輪椅推到床邊。他把時鐘背對著伊莉安娜的臉放到床上的餐盤上，讓她看到構造。

「幾個問題，」他說，「妳是這時鐘的健康代理人，沒錯吧？」

「對。」

「妳不必馬上給我看文件，但是這隻鳥有保險嗎？」

「不，我想沒有，」伊莉安娜說。

「咕咕鳥拒絕出來多久了？」

「我大約兩星期前發現的，」伊莉安娜說，「起初，它只是不太願意。」

「也就是說，之前都很規律嗎？」

「對，它每小時會出來。」

「哇，那麼多次，」他說，「呃，就妳記憶所及，這隻鳥出現的最後幾次，有沒有聲音沙啞，或顯得邋遢、疲倦？」

「從來沒有，」她說。

「伊莉安娜，我從妳的漂亮指甲看出妳有修指甲工具組。」

她往床頭小桌歪頭。法沃里托從抽屜取出那個小包包。他拿出幾支鑷子和金屬指甲銼刀，很高興發現還有指甲快乾膠。

法沃里托調整了幾下時鐘，結果發出叮的微弱聲。「啊！我在找的就是這個。妳剛聽到的是『歌唱音』，恕我使用科學名詞。比較差的鐘就會是『咚鏘』。」

他用手圈住嘴巴湊近時鐘，向咕咕鳥講話。「請恕我從後方跟你講話，但你應該要知道快中午了，你已經缺席兩週。伊莉安娜很擔心。」他用鑷子伸過去，發出噹的一聲。「那是『歌聲的噹』，」他轉向伊莉安娜說，「比較正式的說法是呼叫音，很有希望的跡象。」

他把鐘上發條然後轉向面對伊莉安娜。他參考手錶，把指針設定成正確時間，接著在錶與時鐘之間來回看，調快時鐘好幾次，很困惑他的錶在走但是時鐘沒走。然後他發現忘了把鐘擺啓動，令她發笑。

這時，分針從十一點五十九分跳到十二點。

伊莉安娜陪他一起倒數。「五，四，三，二，一。」

咕咕鳥跑出來，叫了一聲退回去，門猛力關上。他們一起大笑。伊莉安娜很久沒笑了，感覺臉有點僵硬。

「可是只叫了一聲，」伊莉安娜說。

「中午需要多少聲？」

「十二聲，」她說。

「這似乎太多了，」法沃里托說，「妳得讓鳥兒熱身才能達成任務。」

有人輕敲了一下房門。

「請進，」伊莉安娜說，很遺憾被打斷。馬可船長探頭進來。「你好啊，法沃里托！」

「馬可！最近還好嗎？」法沃里托說。

「抱歉打擾你。我可以跟你談一下嗎？只要一會兒，小姐。我保證。」

「等一下，馬可，」法沃里托說。他在鐘裡又作個小調整然後吹口氣。跟馬可來到走廊，法沃里托豎起一根手指示意安靜同時倒數五秒。房間裡傳出連續十二聲咕咕。法沃里托點點頭轉向馬可船長。「說吧，」他說。

「你白天可以溜出醫院嗎？」馬可問。

「治療之間的兩小時空檔，可以。」

「我有個時鐘或許你能幫我修理，」馬可說。

31

恩尼斯托老大的禮車停進一座滿是破舊廉價車、幾輛舊皮卡車和一輛引擎蓋上畫了阿茲特克邪神特拉佐特奧特的 Impala 低底盤改裝車的停車場。

戈梅茲下車東張西望之後替恩尼斯托老大打開車門。遠處有雞叫聲。

恩尼斯托老大叫戈梅茲顧著車子。

穿戴熱帶西裝和巴拿馬帽的恩尼斯托老大爬上公寓大樓的樓梯，看著公寓號碼。他要找的門開著，門內一台擺動式電扇擋住了去路。欄杆上晾著一條被子。被子旁邊的籠子裡有隻白色大鸚鵡在踱步。

公雞又叫了。

「卡門，搞什麼鬼？」白鸚鵡回答。

卡莉的響亮聲音從臥室傳出，叫她的表姊。「胡麗葉塔，來幫我把妳媽翻身。」

胡麗葉塔擦乾雙手從廚房出來，看到門口的恩尼斯托老大。

「有何貴幹？」他穿得太體面她猜想不像是收帳員。

恩尼斯托老大脫下帽子。「只是想跟卡莉談一個工作。」

卡莉從臥室大聲說，「胡麗葉塔，麻煩妳，拿她的換洗衣物來。」

「我不認識你，」胡麗葉塔對恩尼斯托老大說。卡莉來到走道門看向客廳裡。

她有一隻手放在背後。

恩尼斯托老大向她微笑。「卡莉，我認識安東尼奧。我想跟妳談談。我來的時機不太好。請繼續忙妳的事。我可以等幾分鐘。我看到大樓旁邊有野餐桌。等妳準備好可以到那邊找我嗎？」

她點頭，退出視線之外，放下一個沉重的東西。

¶

停車場裡有群小孩在踢足球。

國宅大樓之間一片種樹的草地上，有張水泥桌子上面畫了西洋棋盤，還有個咖啡罐放滿了瓶蓋充當棋子。桌旁有個破舊的烤肉架。啄食烤架肉屑的烏鴉飛到附近樹上去，生氣地咕噥看著恩尼斯托老大用手帕擦拭座位的灰塵然後坐下。卡莉過來時恩尼斯托老大又站起來。

「妳在照顧妳姨媽？」

「對，表姊跟我。白天我們都要工作時會僱一個保姆。恩尼斯托老大，我知道你是什麼人。」

「我也知道妳在哥倫比亞的遭遇，覺得非常難過，」他說，「卡莉，我是以安東尼奧的朋友身分過來，希望跟妳交個朋友。妳在帕布羅的房子工作很多年。妳一定很熟悉它的各種系統。」

「我是很熟。」

「妳也認得漢斯彼得·許奈德的手下？」

「沒錯。」

「而且鄰居們都很習慣看到妳？」

「我認識某些鄰居，還有在豪宅區工作的人。」

「雇傭人員，他們上班時都很習慣妳迎接他們？」

「對。」

「我要給妳個對姨媽很有幫助的工作機會。邁阿密最好的照護設施是哪家？最高級的？」

「帕米拉花園，」她說。

「我希望妳把我接下來說的事當作安東尼奧的禮物，也是妳的一個機會。我要給妳獎學金讓妳姨媽在帕米拉花園要住多久都行，我也提議和妳分享我們在豪宅裡得到的任何東西。」

桌子上方一棵盛開的強悍緬梔花老樹吸引了蜜蜂聚集。蜂群在頭上發出模糊的嗡嗡聲。

卡莉想念她去世的父親，也想念在叢林裡保護過的老教授。她希望有安穩的地方可以依靠。她看著恩尼斯托老大，有點想要追隨他。

但她在恩尼斯托老大臉上看不到父親的影子，也看不到老教授。她只聽到頭頂上的嗡嗡聲。

「要我做什麼？」她說。

「例如，幫我把風，」恩尼斯托老大說，「有個女的用炸彈殺害了黑素斯‧維拉利爾。對抗女人的最佳防禦就是女人。我需要妳幫我留意。我需要妳對那棟豪宅的了解。」

烏鴉不耐煩地等待，在樹枝上走來走去。卡莉覺得恩尼斯托老大的眼神很像烏鴉的眼睛。

恩尼斯托老大輕易看出卡莉沒有好的身分文件，她很可能是靠暫時庇護身分勉強居留在美國。要是美國總統知道什麼是暫時庇護身份，他隨時不高興就可以取消每個人的庇護身分。

卡莉隨時可以出賣恩尼斯托老大和黃金給移民局，交換好文件和豐厚報酬。她一直沒這麼做……最好把她納入同夥。

烏鴉向他叫時，恩尼斯托老大微笑。他想起即將發生的事，漫長的緊張壓力，密閉與危險場所的恐懼氣息。**卡門，搞什麼鬼**，他暗忖。**她會有用處的**。

「卡莉，妳想要帶妳的白鸚鵡嗎？」他說。

32

艾斯科巴豪宅很安靜。電影假人和戲偶在放置蓋著布的家具的房間裡彼此互看。

少了卡莉．摩拉調整，以往在早上收起、炎熱午後放下的自動百葉窗大都維持在放下的位置，因爲定時器故障而隨機升降。讓屋裡在白天大多數時間也維持昏暗狀態。自動灑水系統一小時內會開關好幾次。

天亮前不久有隻樹鼠從內部推開洗碗槽下的櫃子，躲在牆邊，發現並吃掉了缺席的白鸚鵡灑出來遺留在地上的飼料。

天剛亮卡莉・摩拉就在大門口走下園丁卡車，輸入開門密碼。大門打開，馬可跟手下，伊格納丘、艾斯特班還有班尼托跟卡莉，驅車駛入。

戈梅茲跟恩尼斯托老大在停到一條街外的第二輛車上。

「最好稍微張著嘴，戈梅茲，以防有巨大噪音和衝擊波，」恩尼斯托老大說。

巴比・喬的卡車仍停在正門前的車道上。

卡車的車窗開著，一扇車門也開著，彷彿還在等巴比・喬。夜裡下過雨，卡車裡都濕了。

卡莉看著卡車。淋濕了擺在這裡，跟巴比・喬的腦漿差不多是同樣顏色。

他們帶著武器下車，口袋放了門擋。站在正門的左右兩旁，他們試一試門鎖。鎖住了。卡莉有鑰匙。他們推開門掩護卡莉讓她檢查警報面板。全部關了。她打開樓上的動態偵測器。

「小心門檻有陷阱繩，」她說。

艾斯特班舉起一罐爽身粉噴霧罐。

卡莉搖搖頭。「這裡沒有光束。」

他們繞過房子的側面，蹲低到窗子以下的高度。有扇側門開著。樹鼠聽到他們靠近，躲回水槽底下去，留下虛掩的櫥櫃門。

他們一個接一個搜索樓下的房間，在發現每個空間沒人時大喊「安全！」

他們聽到樓上有聲音，講話聲。他們看著動態偵測器燈號但是樓上沒有東西在動。卡莉關掉警報，艾斯特班就位守住寬大樓梯間。馬可和卡莉快速上樓，卡莉拿著AK-47步槍，使用背帶並壓低槍口。

他們發現樓上一間小臥室有倉皇離開的痕跡。有些棄置的衣物，電視機開著。有隻黃蜂從打開的窗戶飛進來，在天花板上亂竄。

唯一沒東西的臥室是漢斯彼得睡的主臥室，還有馬泰歐用過的那間。其餘房間散落著死者的私物：刮鬍工具、一雙腳趾上黏著金屬探測器的竊盜用鞋。

某臥室角落放著死掉的恩貝托那把AR-15步槍，之前就是他把安東尼奧的頭顱放進捕蟹籠，又想要淹死卡莉。

馬可在泳池休息室裡發現菲力克斯進入坑洞時戴過的吊帶。吊帶上凝結著血漬和砂土。馬可看著它許久。拖行的血漬痕跡通往碼頭。他叫艾斯特班去清洗泳池休息室的血跡。

馬可走到地下室站在樓梯上觀看方塊的正面。他得到的指令是別碰它。

金庫門上清晰的真人尺寸柯布雷慈悲聖母像，讓現場感覺像教堂。她前方的海上畫了掙扎的船員。聖像旁邊鑽的淺洞垂下一捲不明金屬。大鑽孔機就放在地上。

馬可船長看著聖母照顧下的危急船員，在身上畫個十字。

恩尼斯托老大在他的車上等待。他的手機響起，是安東尼奧的手機打來。他看著手機螢幕一會兒才接聽。

「現在你佔領房子了，」漢斯彼得・許奈德說，「我五分鐘內就能把條子送進去。」

「除非我做什麼？」恩尼斯托老大說。

「給我三分之一，這很合理。」

「你有門路銷贓嗎？」

「有。」

「你的買家會拿出現金來？」

「或電匯到你想要的任何地方。」

「好吧。」

「還有個我想要的東西。」漢斯彼得低聲說出心中的慾望。

恩尼斯托老大閉上眼睛聆聽。

「我做不到，」他說，「恕難從命。」

「我看你不太了解自己，恩尼斯托老大。爲了兩千五百萬美元的三分之二，你什麼都願意做。」

電話掛斷。

33

艾斯科巴豪宅的地下室裡，坐著軍用輪椅的法沃里托坐在牌桌上研讀黑素斯・維拉利爾遺孀交給恩尼斯托老大的文件與圖畫掃描影本。其中一張是方塊的標註素描。

法沃里托脖子上掛著聽診器和一小盒工具。幾具攝影用聚光燈照著金庫正面眞人大小的聖母像。

馬可和他的大副艾斯特班陪著法沃里托一起在小房間裡。

恩尼斯托老大出現在樓梯時引起一陣騷動，大家脫帽低聲問好。他舉手作個祝福手勢，問候眾人。戈梅茲和卡莉跟著他來了。

卡莉向馬可和艾斯特班點點頭。

恩尼斯托老大站到桌邊伸手放在法沃里托的肩上。

「你好，老大，」法沃里托說，「你從維拉利爾太太拿到的都在這裡嗎？黑素斯有沒有跟你說過什麼特殊的事？」

「我只在他死後拿到這些文件，法沃里托。然後我就掃描給你了。這是正本。比掃描圖好不了多少。」

他們在桌面上攤開文件。

「照片中，方塊看起來我覺得像 340L 不銹鋼，所以有超過五吋厚，」法沃里托說。他的手指沿著圖解線條比劃。「這裡是炸藥，這個我認爲是光電池，很可能是散射型，鑽破方塊時的任何光線都會觸動。不必遮斷光線就會啓動。」

「這不需要接電池嗎？已經放很久了，」馬可說。

法沃里托敲敲文件。「我們很可能會發現電源，或許在露臺燈底下，供電給方塊裡的電池。露臺燈有定時器，對吧？」

卡莉在樓梯上回答。「對，有定時器。系統在食品庫裡有兩組二十安培斷路器。燈光從晚上七點到十一點會亮。只有威爾瑪颶風來襲期間中斷四天。」

法沃里托看看周圍，有點驚訝聽到年輕女性的聲音。

「這位是卡莉。她沒問題，」恩尼斯托老大說。

「卡莉，」法沃里托說。他指著金庫門上的圖像。「柯布雷慈悲聖母，我猜有什麼關聯吧？」（注：卡莉的原名卡莉妲 Caridad 是西班牙文慈悲之意。）

「關聯不夠，」卡莉說。

「這看起來像道聽塗說畫出來的，」法沃里托說，「沒有細節。沒有配線圖解。聖像也畫得不怎麼樣。有些地方標註了『imán』。」

「Imán 意思是磁鐵，」恩尼斯托老大說。

「我想我們必須看背面，找找有沒有弱點，」法沃里托說。

「我們可以從這裡打穿，進入方塊裡面嗎？」艾斯特班問。

「我看造成震動不是好主意，除非我們有更多了解，」法沃里托說，「從兩側通過鋼筋水泥需要多久？」

「如果我們徹夜趕工，兩天，」艾斯特班說。

「我們必須察看那邊。我去吧，」馬可船長說。馬可感覺是自己害死安東尼奧的。他很高興能考驗自我。

¶

恩尼斯托老大的手機震動。他看了一眼走到外面去。他走進泳池休息室。血被洗掉了但是安東尼奧的血在石灰上留下了污漬。石灰變成了紅褐色。還有小螞蟻聚集在上面。

是黑素斯・維拉利爾的律師狄亞哥・利瓦透過恩尼斯托老大在卡塔赫納的辦公室轉接打來。

「恩尼斯托老大，」利瓦盡力用最友善的語氣說，「昨天很榮幸見到你，雖然是哀傷的場合。我打了你辦公室電話。你在卡塔赫納嗎？我們得談一談。」

「我在出差。利瓦先生，找我有什麼事？」

「我要幫你個忙，先生。我猜想在不久的未來你會善用維拉利爾太太冒險提供的資訊。」

「嗯，我想會吧，」恩尼斯托老大說，用舌頭頂了頂臉頰。

「現在我有個不安的發現。我被告知你的競爭對手之一倉促檢視那些資料的時候，在文件裡作了些修改。這可能影響你的安全，我很擔心。爲了你自身的安全，把資料恢復到完全精確很重要。」

「謝謝你這麼快聯絡我，」恩尼斯托老大說，「修改了什麼？我可以給你個本地傳眞號碼，或者你掃描之後用手機傳給我。」

「我會寧可當面交付，」利瓦說，「我很樂意去卡塔赫納。恩尼斯托老大，這個計畫對我有相當大的風險，更別提應付遺孀和她妹妹的麻煩了，她可是很難搞的。我會希望你提供一筆賞金。我想一百萬美元還算公道。」

「哇！」恩尼斯托老大說，「一百萬美元可是一大筆賞金呢，利瓦先生。」

「你需要這些資訊。事關你手下的性命，」利瓦說，「很多沒我這麼愛惜名譽的人可能考慮接受政府的懸賞。」

「如果我不給呢？」

「等你有時間反省，進入不確定的未來幾個月後，等到其他人獲利，後見之明會顯示出你的錯誤。」

「利瓦先生，你願意接受七十五萬元嗎？」

「恐怕我不能打折。」

「我會盡快跟你聯絡。」恩尼斯托老大掛斷電話。

他召喚戈梅茲來商討狄亞哥・利瓦的來電。「他警告說事後看來會很遺憾，」恩尼斯托老大說。

「是，後見之明，」戈梅茲說，「後見之明。」

「戈梅茲，如果我給錢，他拿到錢之後就會出賣我們給移民局。我想要安排在黑素斯墳前會面。我希望你幫他改善他的後見之明。你記得電影裡面吸血鬼怎麼把倫菲爾德的頭扭到後面去嗎？」

「是，」戈梅茲說，「不過我得在隨選電影上複習一下。如果我雇用我叔叔來幫忙可以嗎？他很能幹。」

「行。辦好之後趕快去，」恩尼斯托老大說。

「是，老大，但是你的安全——」

「我會帶別人在身邊。」

「這群人嗎？先生，容我推薦，無論你選哪個人，也帶著那女孩。我認爲她很能幹。我很擅長判斷這種事。別忘了，殺掉黑素斯的是女人。」

恩尼斯托老大沒告訴戈梅茲金庫圖解可能有致命的篡改。他也沒告訴法沃里托也沒告訴任何人。

如果狄亞哥・利瓦出賣他們，會妨礙邁阿密黃金的銷贓，通常在這裡搬運違法的黃金很容易。聯邦執法和證管會的人會留意，他們會緊盯各地的鎔鑄業者。黑素斯說過某些金條有編號。黃金必須送出國重鑄。如果方塊有裝動態偵測器就不能放在方塊裡搬動。

萬一爆炸最糟的後果是什麼？沒有證人，沒有證據，街上會有很多連帶傷亡。

他會喪失一些好手下，但除此之外，沒什麼太嚴重的。

所以。他們必須趕快在這裡打開方塊。他們必須在狄亞哥決定報警之前把黃金搬走。

恩尼斯托老大打了通電話去海地。和平港機場有個穿棕色連身服的男子接聽了電話。他在清理一架六十年老飛機的燃料濾清器。他跟恩尼斯托老大簡短交談，之後恩尼斯托老大訂了五百磅的花朵與三台洗衣機。

34

破洞上面的大型市集用陽傘除了遮陽，也用來遮蔽巡邏警察和海岸防衛隊直升機的視線。

天亮後不久馬可船長戴著新的吊帶從泳池休息室出來。他拿著菲力克斯凝結著血跡和乾泥沙的吊帶，把它丟在池邊的磁磚上。

恩尼斯托老大伸手放到馬可肩上。「你不必親自上。我可以請潛水伕來。」

「是我派安東尼奧下去的。我要自己去，」馬可說。

「遵命，船長，」恩尼斯托老大說。

伊格納丘拿著小提箱和一個背包走出豪宅。他把內容物全倒在地上。

「死者的東西，」他說，「有些草，大多是種子和莖，手提箱裡，有萊澤曼工具組，打手槍用的——」伊格納丘想起卡莉在背後「——呃，這本雜誌，Juggs Triple DDD，一些動過手腳的骰子，還有——你信嗎？——扔骰子用的燈芯絨杯子。他還沒適應邁阿密。那玩意在這個城市會害死他。我會拿去扔掉。」

「把吊帶也扔了，」馬可說。

一架海岸防衛隊直升機飛過，馬可躲到陽傘底下。

班尼托陪他躲在帆布底下。老頭打開他拿著的釣竿箱。

他交給馬可一把大約五呎長的潛水伕防鯊槍。

「以防你必須發出些噪音，」班尼托說，「我外甥替你做了這個。」他手裡拿了一排彈藥。用蠟密封著。「這是裝滿的點三〇逆向彈殼，原本頸部彈頭的位置裝了點三五七彈殼。像這樣。我想你會想要親自裝填。」

馬可試了一下防鯊槍上的保險，然後在槍的末端把子彈上膛。

點三五七子彈會用自己的燃燒引信把整個點三〇彈殼像長形彈頭一樣打進馬可插中的任何東西。

班尼托和馬可用前臂互撞一下。

「我們走吧，」馬可說，「我穿這玩意快熱死了。」他戴上有兩個碳濾罐和攝影機的面罩。馬可看著法沃里托，檢查他筆電上的串流影像。豎起雙手拇指。他們互撞前臂。

用手動絞盤垂降到陰暗洞穴裡。下降時有小抖動。馬可用手電筒看看四周。臉頰接觸的空氣感覺凝滯又溫暖。

「下來一點，下來一點。」他伸出雙腳。「下來，下來。」他踏到了洞底。水深及腰，波浪起伏差距不超過一呎。馬可用光柱照亮大方塊、人類頭骨和穿透洞頂的吊燈狀樹根。他感覺到來自水下入口的水流拉扯他的腳踝。他用防鯊槍大略測量了一下。

「碼頭離得夠遠所以如果我們用絞盤，可以祕密拖出方塊。」他涉水前進，嗅嗅面罩裡面，為了通過樹根必須彎腰幾乎泡在水裡。「砂石駁船會突出水面，但不會擋路。」他抵達方塊和旁邊的人頭骨。在靠近方塊的淺水中有狗的殘骸。

馬可從口袋拿出一塊磁鐵。它可以黏在方塊上。

「跟另一邊同樣是不銹鋼，」他說，「這邊沒有弱點。」

「有看到縫隙嗎？」法沃里托研究筆電上的影像說。

「聯珠焊接很工整。大概沒有縫隙。跟正面同樣是電弧焊接。他們不是在這底下建造這鬼玩意的。」

「敲敲看，」法沃里托說。

海堤下的通道發出吸吮聲。浮出了幾顆泡沫。

馬可船長從腰帶拔出小鐵鎚敲敲方塊。從中央往角落移動時聲音稍有不同。

「跟正面一樣。或許五吋厚。我要去看看端縫的邊緣。你的影像清楚嗎？」

「請擦擦你的鏡頭，馬可。」

馬可有塑膠袋裝了塊布，他先擦拭鏡頭然後擦乾淨面罩。「哈囉。這裡有個斑點，看到沒？」他把手指放到方塊上。「鉛筆大小。這不太妙。我要出去。」

通到海灣的水下坑洞又發出吸吮聲。

馬可涉水前往從上方破洞照下來的光柱。他被東西絆到，菲力克斯的上半身浮了出來，腫脹又殘破，菲力克斯的內臟從被扯斷的地方掉出來。

急著逃離的馬可踩到了菲力克斯。菲力克斯的眼睛凸出，馬可即使戴著面罩還是被沼氣嗆到。半身屍體開始移動，在馬可舉起他的防鯊槍時被拉開。

海堤底下傳來吸吮聲。馬可拼命在水中走動，繩索迅速向上消失到花園破洞外。

「拉上去！拉上去！」馬可大喊，聲音隔著面罩變模糊。

他在擺盪，他縮起雙腳，往光亮處上升，他底下的水中冒出棺材形的泡沫。艾斯特班和伊格納丘努力轉動絞盤，他聽到腳下有下顎碰撞聲，接著他就回到了明亮之處。

馬可船長坐在地上起伏喘氣，汗濕的潛水衣脫到腰際。他拿到水瓶，灌了兩口又丟到花壇上。卡莉拿冷水給他漱口，還有一杯蘭姆酒。

恩尼斯托老大像主教祝福般摸摸馬可的頭頂。

他們查看馬可的攝影機傳到筆電的影像。

「FBI的金屬探測器發現的可能是沉在淤泥裡的鐵砂船，」恩尼斯托老大說。

「他們可能鑽探時撞到了幾次，」法沃里托說。

恩尼斯托老大指著菲力克斯屍體上相間的破洞。「這是鹹水鱷魚。戈梅茲——你記得嗎？——西薩跟他的搭檔欠錢沒還之後不是被鹹水鱷魚吃掉了嗎？」

「對，他死在他辦公室附近恩里基約湖的橋下，」戈梅茲說。戈梅茲的口氣很審慎，像老大一樣。「那隻鱷魚把他抓走，看來很可能被牠吃掉了。」

「牠們無法咀嚼，」恩尼斯托老大說，「牠們會在水下找個食物儲藏處，讓牠們的餐點腐爛，直到軟得可以吃。鱷魚抓走了這個人然後又把他帶回來等他熟成。」

法沃里托指著螢幕。「幸好我們看到了方塊。看到馬可發現的這個斑點沒有？」

「那是水銀開關，你不能搬動它，」卡莉說。

「這是個洞，用焊錫補上再磨平，」法沃里托說，「把有炸藥的東西封閉進去之後，可以這樣從方塊側面把電線伸進去啓動水銀開關。若有人企圖搬運方塊——轟。這是愛爾蘭共和軍的老招式。」

卡莉點頭。「有個愛爾蘭人教過我們怎麼用瓦斯筒做迫擊砲，他也教了我們這個。他在兩個迫擊砲上簽名。記得是『休・G・雷克遜』。」

「可能是假名，」戈梅茲慎重地說。

「我們可以用電漿噴燈從背面切開嗎？」恩尼斯托老大說。

法沃里托搖頭。「如果由我來設置呢？我會裝上紅外線感應器來防止你這麼做。」

他深呼吸一下。「我們需要設定這玩意的人。我們可以用液態氮凍結水銀開關再搬動。但是必須保持冷卻——零下三十七度——不然會爆炸。我不懂光學的東西。」

「帕布羅並非永久封存他的錢。他還想拿出來。所以一定有辦法進去。你願意試試嗎？」恩尼斯托老大說。

「讓我想一想，」法沃里托說。他低頭看著麻木的雙腿。「有時候我沒考慮清楚。」

「想半個小時吧，」恩尼斯托老大說。

他們研究筆電上的影像。法沃里托用手指畫過焊接痕跡。「不是每個人都能焊接這玩意。你看，這是電弧焊。看他在這邊的手工，還有這裡，只讓電弧掠過接縫。很棒的技術。能夠做到的人很少。我們看看露台工程的建築許可吧，他們應該是那個時候把這玩意裝進去的。」

法沃里托把馬可的方塊照片輸入圖像編輯軟體 Photo Plus，按下提升畫質按鈕。

「喔，太好了，感謝馬可！」方塊側面低處的閃光燈陰影中用油性馬克筆寫了三個字母。「T-A-B——雷電巷造船（Thunder Alley Boats）。恩尼斯托老大，我知道該向誰打聽，但是我需要一些甜頭。」

「要錢還是毒品？」恩尼斯托老大說。

「最好兩者都有。」

35

這隻鱷魚愉快地塡飽了肚子往南游，有船經過時就潛到水裡。她是條十四呎長的鹹水鱷魚，部分時間會在佛州大沼澤區吃年幼的緬甸蟒蛇或落單的麝鼠與海狸，但她偏好南灣鄉村俱樂部的鹹水灣，可以在高爾夫球道附近的陸地上曬太陽。

球道附近的海灣裡有其他鱷魚，淡水湧泉附近的一兩隻尼羅鱷和一些短吻鱷，全都很喜歡溫暖陽光照在他們的盔甲上。

最棒的是，高爾夫球場的除蟲工作驅逐了會用尖腳刺激鱷魚淚腺以便喝淚水的飛蛾和蝴蝶。

這隻鱷魚邊打瞌睡邊看著穿百慕達運動衫的高爾夫球客們。

很不巧，高爾夫球場不准帶狗進來。有時候鄰居——通常不是會員——會在夜間帶著狗屎鏟和塑膠袋溜到球場上，讓他們的小狗在岸邊玩耍。

無法咀嚼的鱷魚必須整塊整塊地吃經過軟化分解的大型生物。但吉娃娃可以整隻吞下，柯基犬、拉薩犬和西施犬也行。牠們可以直接生吃不必在糧食庫軟化。糧食庫，就像這隻鱷魚在艾斯科巴豪宅底下維持的那個。

除了菲力克斯，這隻鱷魚只吃過一個人類，是從載滿醉漢的船上落水的酒鬼，當時沒人想到他也沒人在乎或哀悼。她吃掉他之後興奮了大約一小時。

鱷魚不靠吃人過活，但以她對食物與獵食場所的強大記憶力，她記得清新的人肉沒有長毛、羽毛、硬皮、犄角、鳥喙和獸蹄。不像鵜鶘，太麻煩了不值得吃。

穿短褲露出一雙蒼白肥腿的狗主人們，在黃昏跟著他們的寵物輕快地行進，對她很有吸引力，他們在光線昏暗時看不太清楚。只需要耐心。

鱷魚在排泄菲力克斯的頭燈那一晚有些不舒服，把它遺留在球道旁，讓場地維護員大惑不解。

36

狄亞哥・利瓦是個美男子，還謊稱自己是凱薩・羅梅洛的孫子。他總是一副繡花枕頭的討人厭表情。

他幾乎不跟人分享東西，看到別人享用好東西也覺得痛苦。

他特別討厭恩尼斯托老大提供給黑素斯・維拉利爾遺孀的那棟舒適房子。提供給維拉利爾太太的房子和資金沒有透過狄亞哥・利瓦的事務所，他沒機會分一杯羹。

黑素斯死後探訪維拉利爾太太無利可圖。他指出他理應收費而她不爲所動，安坐在良好環境裡被佣人伺候，同時她的難搞妹妹也從角落的座位酸言酸語支援她。

探訪之後回到辦公室，狄亞哥・利瓦大半個下午坐著生悶氣，縮著脖子四處亂瞄各個角落。

他竄改了黑素斯關於如何打開那座邁阿密金庫的圖解和指示，但他不確定恩尼斯托老大會付錢請他修正。萬一恩尼斯托老大沒付錢取得修正，邁阿密海灘會發生大爆炸，沒有人能活著付給他任何東西。

一番研究之後發現去年美國政府最大筆的吹哨人賞金是一億零四百萬美元。回收高價物品的賞金比率在百分之十到三十之間。他用高爾夫短鉛筆計算之後，發現靠兩千五百萬美元的黃金，他的賞金至少會有兩百五十萬直接入袋。

他決定出賣恩尼斯托老大。

他打到檢舉者辦公室，華府的證券交易委員會，經過幾次轉接之後被接到國土安全部一位聲音很友善的女性。

她很熟悉他的憤慨，早已習慣應付不滿的銀行員工和尖酸的企業基層。她安慰狄亞哥·利瓦這麼做是正確也符合正義的。她用的措辭是「矯正一個惡劣情況」和「確保正義伸張」。她稱呼線民是「告發人」。

她沒發出法律規定的警示嗶聲就錄下與狄亞哥·利瓦的談話。錄音機放在她桌上一個小標示牌旁邊，上面寫著：**打擊犯罪，分享賞金！**

國稅局、證交會、司法部和國土安全部辦理的各種吹哨人方案之間有某個程度的互相配合。慣例是無論誰接到了吹哨人的密告電話，要鼓勵與安撫來電者，稍後再把案子移交適當的主管單位。

幹員向狄亞哥・利瓦保證，即使他已經把資訊告知其他機構，證交會會在最初揭露的一百二十天之後付錢。

狄亞哥・利瓦說他需要白紙黑字的賞金確認，他提供的資訊可以在美國本土找回很多爆裂物還有黃金。

國土安全部幹員告訴他可能需要幾個小時。狄亞哥・利瓦說他等到拿到文件才能提供更多資訊。他就坐在電話和傳真機旁邊等。

在卡塔赫納一名國土安全部貨櫃安全計畫幹員收到臨時指派過來監視利瓦的家，直到晚上波哥大來的一名移民局幹員接手。

37

法沃里托看著畫在金庫門上的柯布雷慈悲聖母像，畫像也回看著輪椅上的法沃里托。她保護的船員在畫出來的波浪上掙扎。

法沃里托坐在他的撲克牌桌旁。桌上有一台磁力計、一台電表、六塊強力磁鐵和一具聽診器。

恩尼斯托老大、戈梅茲、馬可、艾斯特班和卡莉都在看，卡莉和艾斯特班站在樓梯上以空出狹小地下室的地面空間。恩尼斯托老大叫戈梅茲站在旁邊；戈梅茲可以把法沃里托連同輪椅扛起來，緊急搬上樓去。

聖母的圖像被照亮，在昏暗地下室裡顯得特別耀眼。

「現在我們知道他們是在雷電巷造船公司做焊接，」法沃里托說，「跟我談過的人說帕布羅親自來看過。他們用卡車把方塊運到工地這裡用起重機垂降到地下。當時地下全是紮實的土。雷電巷的人沒看到它的接配線。帕布羅想必是從卡利叫人過來做。城市瓦斯可以在街上切斷，對吧？」

「對，」卡莉說，「是我關掉的。」

班尼托從邁阿密國際機場打來，恩尼斯托老大派他去迎接即將抵達的 DC-6A 飛機，檢查老飛機上的裝卸設備；班尼托以前裝載過很多 DC-6 型飛機。他報告說，飛機已經加滿油備妥，堆高機沒問題。

沒有需要等的東西了。現在要決定是否動手。

法沃里托測試他的磁鐵。黑素斯・維拉利爾提供的文件和圖畫攤在他面前。法沃里托點了根菸。

「你認爲在這裡適合抽菸嗎？」戈梅茲說。

「肯定適合，」法沃里托說，「好吧。根據這個圖解，磁鐵成對放在船員旁邊，這邊和這邊。第三個磁鐵要放在圖像底端的題文上，YO SOY LA VIRGEN DE CARIDAD DEL COBRE，你看『處女（virgin）』的拼字有個『E』。要用磁鐵敲在字母上拚出『A-V-E』。」

法沃里托用紙巾擦乾雙手。「恩尼斯托老大，要是有人想要離開，現在可以走了。我只要求你一件事。從現在到我們完成這個房間裡的工作，每個人必須照我說的做。

恕我直言也包括你，恩尼斯托老大。」

「都聽你的，」恩尼斯托老大說。

法沃里托猛吸一大口菸，把它丟在地上，用輪椅壓過去把它按熄。他抬頭看著明亮的慈悲聖母畫像，在自己身上畫個十字。

他摸摸圖畫底端的船員。「兄弟們，我們都在一條船上，」法沃里托說。

¶

同一時間，一千一百哩外的狄亞哥・利瓦辦公室裡電話鈴響，一份文件從傳真機吐出來。

艾斯科巴豪宅的地下室裡，輪椅上的法沃里托推著自己接近金庫門的圖畫然後鎖住剎車。

法沃里托把第一塊磁鐵放到左手邊的圓形上。他用聽診器聆聽。再把第二塊磁鐵放到右手邊的圓形上。金庫門裡發出一聲喀啦。法沃里托眨了幾下眼，彷彿也聽到自己的眼皮開閉聲。

「現在拼出 A-V-E，」他自言自語，「Ave，如果我說 ave，聖母在上，指的就是ave。」他敲敲A。他敲敲V。

他找到E之後敲一敲。隔了一秒鐘。喀啦聲。

他試拉門把。轉不動。但在他的聽診器裡隱約聽到滴聲，然後更響的滴答聲，然後逐漸變響直到整個房間都聽得見。滴答，滴答。

「全部出去，」法沃里托說。他沒有從文件抬起頭來。「不要停下腳步，到街上去，在圍牆外臥倒。」

「我們扛你出去，」恩尼斯托老大說，「戈梅茲！」

大塊頭上前，彎腰抬起法沃里托。

「不行！你答應過我的，先生，」法沃里托說。

「全部出去，」恩尼斯托老大說，「快跑。」

男人們快步走出屋外，不好意思在屋裡奔跑但想要活命，在草坪上才開始跑步。廚房裡的鸚鵡說「卡門，搞什麼鬼？」卡莉聽見了，跑進廚房打開籠子。

地下室裡的法沃里托手上有塊磁鐵。他在題文前後移來移去。滴答，滴答，變快，變響，他的心跳和滴答聲形成可怕的同步。法沃里托舉起紙張，同時看著圖畫和被照亮的壁畫。壁畫反射出的光線穿透了紙張，有個亮點是紙張被擦過變薄造成的。這個點就在畫中聖母頭部周圍樹葉狀光暈的十二點位置的左邊，在素描中沒有。他拿起一塊磁鐵從輪椅向上伸手。他搆不到光暈的高度。他鎖住輪子掙扎著用單手從輪椅撐起身體。滴答聲宛如打雷，或槍聲，他看著聖像的臉孔大叫。

「卡莉姐！」

樓上的卡莉聽到了。她丟開白鸚鵡讓牠自己飛到沙發上，跑下樓梯進入密集的光亮與滴答聲。

法沃里托把磁鐵丟給她。

「光暈上的黑點，十二點位置！」

卡莉跨三大步走到畫像前，像灌籃般伸長手臂把磁鐵大聲貼到聖母上方的位置。

滴。答。滴答聲停止。金庫門喀啦一聲自行轉動。法沃里托和卡莉在喘氣。她俯身到法沃里托身上，他們互相擁抱，直到起伏的喘息變成了笑聲。

38

有十五秒鐘似乎全世界的時間都靜止了。金庫門又發出滴答聲時，卡莉和法沃里托嚇了一跳，他們又忙碌起來。

法沃里托搆不到金庫裡的所有東西。卡莉幫他，他們一起拆掉色彩鮮豔的爆炸線圈與淡褐色引信放到桌上，把周圍包著鐵釘當作殺傷破片的塞姆汀塑膠炸藥留在金庫裡。

他們不想在金庫附近使用手機，所以，取出引信拿走之後，卡莉把法沃里托留在地下室上去表示安全了，讓鸚鵡停在拳頭上舉過頭頂揮揮手。

接著一切進行得很快。

他們像支消防隊傳遞標準交割金條、一公斤金條、非法伊尼里達礦坑產的粗糙金條和幾袋每條只比 Zippo 打火機稍大的粗短托拉金條。廂型車裡有三台上開式洗衣機，裡面襯著在船塢焊接的鋼筋網。

戈梅茲站在法沃里托的輪椅後面把他舉起來，連同輪椅和工具箱，扛著他上樓。

幾分鐘後廂型車已經在綿綿細雨中駛向機場。他們在茱莉亞杜托快速道路上會車，經過反向快速前往邁阿密海灘的另一個車隊。

39

兩輛移民局廂型車各載著六名探員、四個 FBI 探員、邁阿密戴德郡特警，加上拆彈小組與機器人，駛過茱莉亞杜托堤道，開著警笛直到中間點，然後換成一輛救護車開警笛駛上邁阿密海灘。

邁阿密海灘市霹靂小組和一輛消防車率先抵達海灣旁的艾斯科巴豪宅。邁阿密戴德郡海巡隊派了兩艘船停在海上，沒開燈，沒警笛。霹靂小組同時從房子正面與後面攻進去。

天上有一架警方直升機，吹動著豪宅的停機坪旁邊破舊的風向標。

機器人的設定是避開混亂，對狹窄的樓梯很懷疑，但在操作員鼓勵之下，走下樓梯來到地下室。機器人十二口徑散彈槍的槍管裡裝了水用來干擾炸彈的引爆線路。彈殼原本裝底火的地方裝了電爆管。

機器人的攝影機顯示出敞開的金庫，上層架子是空的，底層架子是一公斤裝的塞姆汀炸藥包。拆彈小組很慶幸透過機器人攝影機看到一團鮮豔的引線，跟炸藥分開堆在牌桌上，引爆索旁邊是個已經無害的水銀開關。拆彈小組不會忽略這份善意。

用油擦拭過的三塊沉重磁鐵和法沃里托的工具組，散亂地堆在樓梯底下。

他們在屋裡沒找到人，只有假人、石膏怪獸、玩具。

來自不同單位的警察湧入屋內。炸藥被拆彈車載走之後，眾人的恐懼煙消雲散。拆彈小組聚集在客廳的古董電椅周圍，猜測能不能用來加熱披薩。他們的警官坐在電椅上說會悶燒但不會煎熟，所以才沒被留在辛辛監獄。炸彈解除之後一切對他們都顯得很好笑。

海巡隊封鎖了七十九街快速道路與茱莉亞杜托堤道，搜索從底下經過的每一艘船。

泰瑞·羅布斯收集屋裡的武器，死掉的恩貝托房間裡的 AK 和 AR-15。他戴著手套，拆開 AR-15 拿出裡面的改裝套件，射擊控制組件裡頭一個能讓槍連發的小型盒狀鋁製結構。他把套件拿給現場的菸酒槍砲爆裂物管理局（ATF）官員看。一名 ATF 探員看著它，抬起眉毛。

「新做的，」探員說。

合法的 AR-15 專用加裝阻鐵都是一九八六年以前製造的。即使你找到好賣家又有第三級持槍執照，合法登記的阻鐵也要花掉你一萬五千美元。

使用新做的非法阻鐵最高可以罰款二十五萬美元並且在柯曼聯邦監獄關上二十年不得假釋。

「幫我個忙，」羅布斯向 ATF 探員說，「看你能否送到實驗室快速鑑識一下。」

他在漢斯彼得的房間發現一個資料夾，是一些醜惡圖畫的影本。

兩天後羅布斯警探會和 ATF 人員一起到看似屠宰場的無窗自助倉庫臥底，恩尼斯托老大的手下和漢斯彼得都在這裡租槍。

老闆叫羅布斯稱呼他巴德。羅布斯警探口袋裡的逮捕令上，他的本名是大衛・范・韋伯，白人男性四十八歲，兩次持有古柯鹼和一次酒駕前科。

羅布斯警探和ATF探員找上他，是因爲恩貝托步槍上的小型加裝阻鐵內側有他的指紋。

40

廂型車在機場駛近那架老飛機，恩尼斯托老大的團隊用拖車把洗衣機推上貨物堆高機。裝滿黃金的洗衣機消失到飛機裡，混雜在運往南美洲的普通洗衣機之間。

柏油路上有雨。灰色天空的倒影被雨滴打出斑點。一架舊型七〇七客機滑行經過淹沒了他們交談聲。客機離開之後，恩尼斯托老大說，「跟我走，卡莉。來替我工作吧。這個地方會給妳添麻煩。」

「謝謝，恩尼斯托老大，現在這就是我的家。」

「我誠心勸妳來。」

她搖搖頭。她的臉在雨中看起來比二十五歲年輕。

他點頭。「等我賣掉金子會連絡妳。找個地方藏現金。弄個大保險箱。妳拿到錢之後，每次存一點到妳的戶頭，直到可以投資什麼生意把它用掉。到時候我可以推薦個會計師。」

「我姨媽呢？」

「我會處理好，我保證。」

漢斯彼得・許奈德從機場圍籬外的路肩看著這架飛機。他的手機放在口袋裡。他在一張紙上寫了空中交管、邁阿密戴德警局、運輸安全局和移民局的機場轄區單位的電話號碼。

恩尼斯托老大慢跑去上廁所。他在撥手機，邊講話邊進門。他想起要查看廁所隔間門底下，沒看到人腳。

恩尼斯托老大站到便斗前同時講話。

「她在七十九街快速道路的海鳥保育站上班，」他說。

遠方有警笛聲，或許有火災，或許是來抓他們。恩尼斯托老大慢跑回到飛機爬進去。

廁所門大聲關上之後，馬桶上的班尼托可以把腳放回地上了。

¶

漢斯彼得在他的休旅車上關掉手機放進口袋，接著揉掉他的電話號碼清單。他看著駕駛員繞行老舊的DC-6A作檢查，然後駕車離去。

飛機在跑道上飛奔，四組螺旋槳猛力吹氣，吹平了跑道旁的雜草。載滿洗衣機和幾台洗碗機——只有三台特別重——它終於吃力地升空，在天上畫出一長條曲線，往南過海飛往海地。

恩尼斯托老大閉上眼睛回想坎蒂和逝去的美好時光，還有即將來臨的好日子。戈梅茲被機員指示坐在飛機重心後面的位子，正在看《新時代》雜誌裡的按摩廣告。

狄亞哥・利瓦知道的兩個名字就是恩尼斯托老大和伊西卓・戈梅茲。逮捕令及時發出，但是這時他們的老飛機已經呻吟著飛過佛羅里達海峽，遠走高飛了。

41

兩星期過去，沒有人接到恩尼斯托老大的消息。

馬可買了張電話卡，用拋棄式手機打給艾佛烈多舞蹈學院。對方告訴他沒有叫做恩尼斯特老大——是恩尼斯托還是恩尼斯特？——的員工。

¶

北邁阿密海灘一個宜人的上午，在湖邊的葛雷諾斯公園。情侶們在平靜的水中划著出租小船。野餐客在樹下攤開桌布，有人演奏手風琴。烤肉架冒出的藍色煙霧飄到了水面上。

卡莉·摩拉看看手錶，在碼頭邊緣坐下。她戴著有鮮艷緞帶的遮陽草帽。

一艘平頭小艇駛近碼頭。

法沃里托在船尾划槳，輪椅收起來放在面前的船底上。他們打開金庫之後卡莉就沒見過他。他們通過一次電話，談了大概十五秒。

伊莉安娜·史普拉格也在船首划槳，一腳穿著充氣式護具。他們穿著救生衣。

伊莉安娜的臉已經被曬成粉紅色。

法沃里托向卡莉微笑。

「嗨，」法沃里托說，「滴答。這位是伊莉安娜。」

「滴答，」卡莉說，「嗨，伊莉安娜。」

伊莉安娜・史普拉格不肯看著卡莉，也沒回答她的招呼。

「卡莉，沒有人聽到我們南方朋友的消息，」法沃里托說，「我們可能永遠找不到他。我想他捲款潛逃了。」

法沃里托遞出一個野餐籃。「看三明治底下，」他說。

卡莉撥開食物看到底下鮮黃色的微光。

她看看四周。最接近的野餐客遠在樹下。她在籃子裡挖掘。有個寬鬆布袋裡裝了九條肥短的托拉金條，上面有三點七五盎司戳印。

「有十八條掉進了我的工具箱裡，」法沃里托說，「九條給妳，九條給我們。」他繼續說，講給卡莉也講給伊莉安娜聽。「要不是妳，卡莉，如果妳沒跑下來地下室，我已經變成漢堡肉了。我以前被炸過。這九條大概值四萬四千美元。有瑞士信貸集團商標又沒編號。日後會很容易脫手。慢慢來，分批賣，一點一滴把錢放到妳在做的任何事情。存款別超過五千美元。要老實繳稅。」

「謝謝，法沃里托，」卡莉說。她拿出那袋托拉金條，把野餐籃放回船內折疊的輪椅上。「有人太陽曬太久了，」她說。

她把遮陽帽送給伊莉安娜。伊莉安娜無意伸手接受。

卡莉看著伊莉安娜抗拒的臉孔。「抓緊法沃里托。他是個好人。」她把草帽放到船內的籃子上。

他們划船離開。卡莉把金條放進包包裡，跟課本與一包果樹肥料放一起。

離開聽力範圍後，伊莉安娜幾乎沒動嘴巴地說，「她眞是該死地漂亮。」

「沒錯。妳也是，」法沃里托說。沉默片刻後伊莉安娜戴上那頂帽子，從船上向卡莉揮手。伊莉安娜可能還微笑了。

卡莉搭公車去蛇溪運河附近照顧她未來的房子。

42

接近聖誕節的溫暖日子。緬梔花樹已經落葉準備迎接華氏七十五度的冬天。她從公車站牌走向蛇溪運河附近的房子時，大片樹葉被吹到了卡莉・摩拉的腿上。

她拿著兩個帆布袋。其中一袋是棵盛開的桃紅色小蝦花，另一袋是她的課本，還有一本美國木材商會出版的《柵欄與樑柱樣品表》。

幾個平均八歲的鄰居小孩正在他們家前院組裝耶穌誕生的場景模型。

他們有瑪麗和約瑟的人偶，馬槽裡的新生耶穌，以及住在馬廄裡的牲畜：一隻山羊，一頭驢，一隻綿羊和三隻烏龜。場景中央的地上豎立了一根帳篷支柱。兩個女孩一個男孩把電燈線固定到杜子上像帳篷繩索般張開，製造出一棵繽紛的聖誕樹。

他們的母親在門廊上看著。她負責控制低電壓變壓器，電線捲在她的椅子底下。

卡莉向門廊上的婦人微笑。「很漂亮的耶穌誕生像，」她向孩子們說。

「謝謝，」年長的女孩說，「只有 Kmart 買得到雨天也不會塌掉的塑膠製耶穌誕生像。石膏製的會融化。」

「你們的馬廄裡還有烏龜陪伴約瑟、瑪麗和新生耶穌。」

「呃，Kmart 的東方三賢哲賣光了，我們又已經有烏龜了。牠們是木製的，但我們用防水漆泡過以防下雨。」

「所以這些烏龜是……」

「對──這些是東方三賢龜，」小男孩說，「如果我們買得到賢哲或國王，那這些烏龜就只像一起住在馬廄的普通烏龜。是驢子和綿羊的朋友。」

「我們會洗乾淨讓牠們看起來像蛇溪裡的烏龜，」女孩說。

「很棒的誕生像，」卡莉說，「謝謝你們跟我分享。」

「不客氣。等媽媽接上電之後來看看亮燈。聖誕快樂。」

卡莉走近她屋頂有藍色油布的房子時聽到哨聲。哨聲一開始是吱吱，然後變快變大聲傳到街上，直到好像小型汽笛風琴的聲音。她聽得出是口哨語。

她猜想哨語是關於坐在她家門口台階上的男子。

卡莉把裝沉重盆栽的袋子換到右手。在她身邊輕搖。

男子看到她走過來連忙起身。

卡莉停在庭院角落檢查一棵變枯黃的植物。

她看出訪客在腰帶右側有配槍——手槍尾端頂到了外套。她不走步道，橫越草坪走近讓他的視線保持逆光。

「摩拉小姐，我是邁阿密戴德郡警局的泰瑞・羅布斯警探。可以跟妳談幾分鐘嗎？」爲了表示善意他出示證件而非警徽。

她沒有靠近到看得清證件。她猜想他的腰帶上是不是藏著塑膠束帶。

泰瑞・羅布斯發現卡莉的臉孔有出現在他夾在腋下帶來的資料夾圖畫裡。這時那些圖畫對他感覺像是骯髒可恥的東西而非證據；夾在他腋下感覺炙熱又可怕。

卡莉不想讓泰瑞・羅布斯進她的房子，每週她會重新布置三件家具好幾次。他是條子，像移民局那種。她不想讓他進去。

卡莉邀羅布斯坐在花園裡的桌邊而不是屋裡。

後門廊上那隻白鸚鵡正在回應隔壁傳來的哨語。牠吹哨然後用英語和西語大叫。

「妳懂哨語嗎？」羅布斯問。

「不懂。我鄰居用來節省電話費。永遠不會被駭。請原諒那隻鳥的粗話，牠老是偷聽然後在對話中插嘴——要是牠跟你說什麼，那不是針對你。」

「摩拉小姐，妳以前工作的豪宅裡發生了很多事。妳認識住在裡面那些人嗎？」

「我只跟他們相處了一兩天，」卡莉說。

「那兩天是誰雇用妳的？」

「他們說是一家電影公司，許可證上有名字。這兩年很多人在那邊拍電影，電視廣告片也使用屋裡的道具。」

「妳認識任何工作人員嗎？」

「他們稱作漢斯彼得的老闆是個高大的人。」

「妳知道他們在屋裡找到什麼嗎？」

「不知道。我不喜歡那些人，隔天就辭職了。」

「爲什麼？」

「他們是前科犯。我不喜歡他們的言行。」

「妳有到任何地方投訴嗎？」

「我離開前有去投訴他們。」

羅布斯點頭。「有些人死了，其餘的人失蹤。」

他看不出卡莉有反應。

「妳在上學。」

「在邁阿密戴德。我剛起步。」

「妳想要做什麼？」

「我想要當獸醫。我在讀醫學預備班。」

「妳最近拿到暫時保護身分也展延了工作許可。恭喜了。」

「謝謝。」

她有料到這一招。

羅布斯在座位上換個姿勢。「妳正在爭取公民權。妳有家庭看護執照，妳照顧過老人，妳打掃過房子。那批人從妳上班的房子裡拿走了很多黃金。摩拉小姐，妳有分到嗎？」

「黃金？他們只給我採購雜貨的錢，而且不多。」

閣樓上的負鼠窩裡還剩三條托拉金條。

「去年妳向國稅局申報的收入很低，但最近妳卻有錢買下這棟房子。」

「大半所有權還在銀行手上。我表姊在基多的姻親是房子的所有人。我在照顧房子。一面修理。」

這是有書面證明的。她可以拿給這個混蛋看。

卡莉逐漸發怒，在自己房子的後院看著羅布斯的臉，像她一樣的黑眼睛。她沒想到麻煩會追到這裡來。她沒想到會發生在她的花園，她的房子，蓋在堅固石板上、沒有小孩會在底下受傷的房子。

羅布斯的臉孔在她眼中比周圍的花園清晰。她的視野在中央很清楚，就像她在哥倫比亞看到指揮官射殺房子底下的小孩那時候。

卡莉抬頭看她的芒果樹，聽著它在風中呼吸，她一次又一次深呼吸。

有隻蜜蜂爲了尋找冬季存糧，飛到她袋子裡的小蝦花樹在花朵裡鑽來鑽去。卡莉想起她在哥倫比亞照顧過的老教授，眼鏡折起放在他口袋裡，頭戴著防蜂帽。

她對羅布斯的憤怒不理性，她心知肚明。

卡莉在桌邊站起來。「羅布斯警探，我請你喝杯冰茶讓你說明來意吧。」

年輕在陸戰隊當兵時，泰瑞・羅布斯在太平洋艦隊意外當過六週的次重量級拳擊冠軍；他在卡莉臉上看出他認得的特徵。

好吧。好吧。該表演了。「好吧，」腦中聽到十次「好吧」之後他說，「妳知不知道漢斯彼得・許奈德打算把妳怎麼樣？」

「不知道。」

「漢斯彼得・許奈德幫哥倫比亞和秘魯的非法金礦提供女人給礦工。因爲挖礦污染水源，她們很多人汞中毒。所以她們死後很難賣掉器官。他賣掉沒有汞中毒的人體器官。他在汽車旅館摘她們的器官。他也賣截肢的女人給世界各地的特殊俱樂部。他會客製化改造女人。我的意思是，如果他抓不到妳，也會讓別的女人受害。」

看不出卡莉有什麼反應。

「這是他對妳的設計素描。我要再次道歉，但是我們必須認眞看待。」

羅布斯遞給卡莉一疊圖，畫面朝下。

她一張接一張翻過來。以技藝的立場，畫得還不錯。在第一張圖中，她只剩下一肢——一條手臂和手用來取悅她的主人——身上還有格尼斯夫人肖像的刺青。其餘手腳完全不留痕跡。她就像只有一根樹枝的樹幹。角落有個小註記說「上肩肉」。

接著的圖畫越來越糟糕。她全部看完，整理回一疊，推過桌面給羅布斯。

「妳可以幫我們抓漢斯彼得，」他說。

「怎麼做？」

「他迷上妳了。我要抓他，國際刑警組織也要抓他。我們必須把他那些有錢變態的顧客關進牢裡或精神病院，他們就該待在那兒。我要漢斯彼得停止為他們殘害女性。妳可以吸引他。」

「你知道漢斯彼得・許奈德在哪裡嗎？」

「這兩天內他的信用卡在波哥大、哥倫比亞和巴蘭基亞用過，也從波哥大打過幾通電話。但他會回來的。如果他不回來，我們必須採取主動跟國際刑警組織過去。有個線民指認出幾個他的顧客。一個在薩丁尼亞島有別墅。我可以替妳在學校和職場請假。妳願意嗎？跟我一起去抓他？」

「願意。」

「接著我要把出租槍枝的那些人關起來，」羅布斯說。

羅布斯在租槍案逮了一些人，但他必須向陪審團證明那些槍枝落入了重刑犯手中。

「其中一把槍打中了我妻子，」他說，「也打中我，毀掉了我家房子，看起來跟這棟很像。我愛我家就像妳喜歡妳的家一樣——我是說妳愛表姊親戚的房子那樣。妳看過漢斯彼得・許奈德持槍嗎？」

「有。」

「看到了什麼？可以描述那些槍嗎？」

「描述那些槍？」

「我看過妳申請延長居留的表格。我知道妳的背景。妳能確定那不是電影道具槍嗎？」

「他們有兩支AK，有可選射擊模式加滅音器，和兩支AR-15，一把有槍托。他們有三十發裝的弧形彈匣，某支AK還有彈鼓。高個子漢斯彼得・許奈德攜帶Glock九毫米放在背後的背帶式槍套裡。你要加檸檬嗎？」

「我不喝茶了。摩拉小姐，我無法爲妳家安排全天候保全，但我可以告訴妳幾個證人保護設施，住在那裡沒人找得到。妳可以一直住到——」

「不行。我就住這裡。」

「當作幫我個忙去看看庇護所吧？」

「不用，警探，我看過克洛姆大道那些。」

「妳會隨時帶手機讓我聯絡得上嗎？」

「會。」

「我會拜託北邁阿密海灘警察局多來這裡巡邏。」

「好吧。」

泰瑞・羅布斯警探覺得在這個美好下午，即使她不喜歡他，卡莉眞是賞心悅目。他經常獨處。他想起在帕米拉的妻子，有陽光照在她頭髮上。他得趕快離開這裡。

「漢斯彼得的協尋通報發布了，」他說。

「我們發現他之後我會打給妳。要鎖門，」他說。

「聖誕快樂，羅布斯警探。」

「聖誕快樂，」羅布斯說。

泰瑞・羅布斯走向他的車子時心想，**呃，或許她不討厭我——倒不是說這跟工**

作有什麼關係。

43

漢斯彼得・許奈德當下所需的一切都有了：他有把卡莉送交給格尼斯先生並且監督改造她的費用二十萬美元的半數。他可以使用設在邁阿密、不在自己名下的基地，他的船則是登記在德拉瓦州一家公司名下。

他有帕洛瑪在哥倫比亞幫他製作信用卡和手機。

他有張服刑中的刺青師凱倫・基佛寫的字條，同意出獄後到茅利塔尼亞去裝飾卡莉——漢斯彼得提供了刺青師一張格尼斯夫人臉孔的圖畫用來練習。

他的裝備是一把JM標準型二氧化碳噴射步槍搭配含有鎮靜劑足以癱瘓一百二十五磅重哺乳類的飛鏢。他的腰帶背後有一把九毫米手槍。

漢斯彼得發現如果把目標裝在可透氣、有提帶的屍袋裡，會比較容易搬運被綑綁的人。通常，隔氣防水的屍袋密不透風，裡面的人若非已經死亡，一定會窒息。漢斯彼得的工具中的袋子是透氣良好的單層帆布。

他有堅韌的塑膠束帶、麻醉劑和化妝棉。他有在船上飼養用的存糧，他的黑曜石手術刀，以防航向茅利塔尼亞途中他們想在格尼斯先生的船上桌面做些什麼。

傍晚時分漢斯彼得整理他的房間，把卡拉殘骸倒進馬桶。

他用假證件租了輛迷你廂型車，拆掉中排座椅騰出讓卡莉躺地上的空間。他拔掉了車內燈的引線，以便在黑暗中把側門開著。

¶

夜幕降臨。椋鳥群棲息到鵜鶘港海鳥保育站周圍的樹籬裡。兩個鸚鵡家族在睡前爭吵，蓋過了水上船隻傳來的音樂。水面上飄著晚餐烤肉的香味和一縷藍色煙霧。海鳥保育站旁的停車場裡，班尼托在舊皮卡車上等著送卡莉回她表姊家，她會在那兒過夜。車上的空調壞掉很多年了，所以他打開車窗，慶幸海灣上有微風吹來。

停車場的樹木很茂盛，在暮光下更加陰暗。

卡莉在治療室裡收拾，消毒工具，把解凍的老鼠拿出去餵貓頭鷹。

她閉上眼睛感受風吹在身上，同時貓頭鷹下來把食物抓走。

班尼托不想在卡莉搭車時抽菸，所以摸黑捲了根菸趁她來之前先抽。他在黑暗中用粗短手指敲敲 Bugler 牌菸草罐。他捲好，舔一下，把末端扭起來，再點了根廚房火柴。

火柴在卡車駕駛座冒出橘色火焰，飛鏢射中他的頸側。他抓著脖子，香菸掉到腿上冒出一團火花。他伸手到連身服的兜袋裡拔手槍，手剛碰到手槍柄時方向盤在他的視野中膨脹搖晃，他的手摸到了門把，但他脖子中鏢，很快就昏迷了。

漢斯彼得重新裝填飛鏢步槍時很矛盾。他很想要在卡莉面前把班尼托活活溶解，可以說是他的興趣——那樣不是很好玩嗎？！

但是時間不夠。他必須跟著格尼斯先生的大遊艇經過 Government Cut 人工航道出海，在美國領海之外交出卡莉。最好殺掉班尼托就算了。漢斯彼得打開他的刀子。保育站最後的燈光熄滅後，他開始走過停車場到班尼托的卡車，聽到穩固的關門聲和鑰匙碰撞聲。別管班尼托了。

卡莉來了。

她走近卡車時在唱〈我的眞實〉曲中夏奇拉的部分。班尼托坐在方向盤前，癱倒，下巴垂到胸前。卡莉買了冰羅望子可樂給他。班尼托堅持要送她回家，她下班出來時他經常已經睡著了。

「你好，先生。」

她聽到背後像是棕櫚樹枝斷裂聲的同時看到班尼托脖子上的鏢，屁股上感到一個刺痛。她伸手到車窗裡拿班尼托的槍，轉身，舉起手槍，但是倒地撞到柏油路面，柏油好像想要包裹她窒息她，眼前一片漆黑。

¶

黑暗。柴油、汗臭和鞋子的氣味。脈動，金屬地板在震動，比人類脈搏快，嗡嗡作響。

尖銳的發動聲。兩個渦輪柴油引擎啓動，粗糙的怠轉聲，接著船開始移動。引擎聲轉化成穩定低鳴，小震動變得斷斷續續。**嗡——嗡——**。

卡莉稍微睜開眼睛，看到金屬甲板。再睜開一點。

她獨自在船首的一個艙房裡，躺在地上。頭上的艙頂中央是一個透明壓克力窗，既是窗戶也是天窗。有些光線照進來，船從船屋開進黑夜之後聲音改變了。

天窗出現一張臉孔，甲板上的人在俯瞰她。是漢斯彼得・許奈德。他戴著安東尼奧的哥德十字架耳環。

卡莉閉上眼睛，等了一會兒才再次睜眼。她躺的地板上方是個V形臥鋪。臥鋪踏腳板與欄杆交界處縫隙裡有一片撕裂染血的指甲，不是她的。她雙臂和肩膀發痛，被壓在金屬甲板上。雙手被綁到背後，腳踝也綁住了。她看得到自己腳踝。被四條強化塑膠束帶綁住。

她不知道她在船上多久了。開得不是很快。她聽到水流過船身的聲音。她學過被擄後越快逃脫，活命的機會越大。

修長黑船的艦橋上馬泰歐在掌舵，漢斯彼得打給在格尼斯先生的兩百呎遊艇上的伊姆蘭先生，他也正前往海上的會合點。

「我正在途中，」漢斯彼得說。漢斯彼得聽到伊姆蘭先生附近有人在慘叫。

「我會在浴缸裡放水，」伊姆蘭先生說。

「好主意，」漢斯彼得說，「她可能會嚇得拉屎。」兩人一起開心地乾笑幾聲。船首艙房裡卡莉謹慎地動她身上能動的地方。她應該沒有骨折，但是眉毛處腫起又黏膩。

她讓肌肉暖身，盡量活動，側躺在甲板上。

她看著頭上的天窗，翻身坐起來，背靠著臥鋪。伸展了一番，她試了五次才把綑綁的手腕移到屁股下，再移到膝蓋後面。她縮起膝蓋到胸口，花了好大力氣把手腕移到腳下之後脫困。這時雙手在她身前了。她看到手腕上的四條塑膠束帶跟綁住她腳踝的是同款。也很粗。多餘的末端從手腕突出很長。

在河水中被綁的少年男女。束帶也從他們手腕突出很長。他們把頭側緊貼在一起。碰！

回想起來，卡莉感到體內熱血沸騰，其中一部分是體力。

要怎麼掙脫束帶？很難。用臂推的槓桿作用可能拉斷一兩條普通束帶，但這種粗的不行，也不可能四條。把它繃斷。她搆不到自己手腕上的束帶，但如果她有楔形墊片可能可以繃斷腳上那些。她脖子上暗藏小刀的聖伯多祿十字項鍊不見了。她看看周圍甲板：任何工具，髮夾什麼的都好。

她蠕動著看船首，或許地板上有髮夾。什麼也沒有。一個水上馬桶，一面鏡子，一個架子，一個蓮蓬頭。一個浴室磅秤。她找床鋪底下，摸索甲板。只有一雙發臭的航海鞋。她有什麼平面金屬的東西可以當墊片？她的隱藏小刀沒了。她口袋被掏空。她被仔細搜過身。她感到胸前皮膚有一處刮傷，些微灼痛。呃。**平面金屬的東西就是我牛仔褲拉鍊上的耳片啊。**

卡莉拉開牛仔褲拉鍊。緩慢地，把褲子沿著雙腿往下推，用綁住的手腕把褲頭往下蓋住綑綁的雙腳。

有一會兒她嘗試把拉鍊耳片卡進手腕束帶上的鋸齒鎖，但她不用手指就無法控制耳片。它會翻來翻去。她改去處理腳踝。有兩條束帶的鎖在前方。她把耳片插入最上方束帶的鋸齒鎖。不行。不行。鋸齒的突起一直滑掉。不行。不行。不行。行了。鋸齒鬆開，額外長度的束帶滑過鎖頭解開了。她把取下的束帶藏到臥鋪下避免從上方被看到。

她揉揉腳上的紅色刮痕開始拆解下一條。它很頑固，試了十二次才屈服。接著的兩條鎖頭在腳後方，其中一條必須靠觸覺摸索。花了十分鐘，船不知道駛了多遠距離。另一條夠鬆可以轉到前方來，她試了三次就成功。

但是手腕不行。她不用手指就無法操縱耳片。它只會在鋸齒鎖上亂跳。

她坐在地上仰頭靠著臥鋪休息。她聽到艙梯上有腳步聲。

她可以用自由的雙腳戰鬥，但雙手仍綁在一起。把腳藏在臥鋪下裝死，爭取一點時間？不行，現在就反抗。

她拿了浴室裡的沉重磅秤。

她站起來，穩住，穩住，她用綑綁的雙手高舉磅秤到頭上。艙門打開，她猛踢馬泰歐的睪丸讓他幾乎離地。再一腳踢中心窩阻止他喊叫，他彎下腰來。她使盡全力用磅秤砸他後腦。他仆倒在金屬地板上，她把磅秤轉向用側邊砸他的後腦兩下。第二下的聲音似乎比較沉悶。他散發出強烈尿騷味，身體底下出現一灘液體。

只有幾下悶響和呻吟聲，不比引擎和波浪拍打船身的聲量大。或許駕駛艙的漢斯彼得沒聽見。但他幾分鐘內一定會來查看馬泰歐。

手，手，除非有浮板或救生衣，她雙手不能動就無法游泳。艙房裡並沒有。她搜馬泰歐身上，希望有刀子或槍。漢斯彼得很聰明不會派有武器的獄卒來。他口袋裡除了該死的芝蘭口香糖沒有能用的東西。

有什麼別的辦法解開束帶？她雙手沒掙脫就無法游泳。她喘息時聞到了船上的氣味。舊床單和血跡的氣味。身旁死人的尿味。**舊航海鞋的臭腳味，上面的皮製鞋帶剛好可以當線鋸。**

她還有多少時間？不多了。

漢斯彼得向階梯下方大叫。「馬泰歐，檢查束帶之後趕快上來。你要是上了她，馬泰歐，我會宰了你。我們是賣鮮肉的。」

卡莉找出航海鞋，用手指和牙齒拆下皮製鞋帶。她把鞋帶綁在一起變一長條。再把鞋帶纏在手腕的束帶上，在兩端打個繩圈。

她雙腳像馬鐙那樣穿進繩圈裡開始像踩腳踏車般移動，邊踩皮帶邊來回摩擦最上方的束帶發出嘶聲，冒出煙霧來，她手上感覺到發熱。

漢斯彼得又喊了「馬泰歐，媽的王八蛋快上來。我真不該讓你舔她奶子！」

踩著踩著，皮帶在塑膠帶上嘶嘶作響。冒煙發熱然後啪一聲，最上方的束帶斷掉，皮帶延伸到下一條，嘶聲和冒煙，啪，第二條束帶斷掉，有個繩圈從她腳上鬆脫。花了令人抓狂的一秒鐘套回原位，她繼續踩，踩踩踩踩踩。

踩踩踩踩踩啪。她雙手自由了，有點麻木，血液恢復循環時有點刺痛。

她及時往圓頂狀玻璃窗伸頭看到頭上有燈光通過，一長串燈光，像老鷹嘴裡那種薰衣草色，那是快速道路的底側。天上的飛機警示燈好像紅或白色的星星！那些燈是在海鳥保育站旁的高大天線上，她的課本在那裡，那包果樹肥料也在那裡。船往南行駛時她看到快速道路上的車燈迅速移動，長串燈光好像重機槍的曳光彈軌跡。

她站到臥鋪上就可以打開天窗。但是窗子位置在前甲板。駕駛艙的漢斯彼得會看到它打開。這時他們到了快速道路南邊，速度穩定。她不能等了。

引擎減速然後關閉。她鎖上艙門的脆弱鉤子。漢斯彼得又向舷梯下喊叫。

腳步聲下來了。

她推開天窗爬到上面的前甲板上，底下的漢斯彼得在踹艙房門。

他有麻醉步槍。

他發現天窗開著，跑回梯子上到甲板，同時卡莉動作俐落地跳進海中，游向鳥礁的黑暗模糊輪廓。

回到甲板上的漢斯彼得這時拿著步槍，尋找，尋找。他轉動船上的大型探照燈，光束發現了她，端起步槍。

光線照到身上時，卡莉下潛，很快踩到海底，水夠淺可以看到她的影子被聚光燈光束映在底下的沙地上。

她得呼吸，在水下游開，上升吸氣，下潛同時步槍大爆炸，射出一支鏢穿過游泳時漂蕩在她頭上的頭髮。

那是他最後一支鏢。他得下去艙房拿存貨。漢斯丟下步槍回到駕駛艙。他可以從掌舵位置控制聚光燈，光束掠過水面，再次找到卡莉。漢斯彼得加大油門，追逐她。

即使會撞死她，他也要用該死的船身去撞她。

卡莉可以游很快。她游得空前地快。在她後面翻騰的兩個大柴油引擎越逼越近，鳥礁不遠了，剩五十碼。

船的聲音似乎就在她正上方，追著她，光束照著她的壓力還沒有大船壓頂那麼嚴重。船擱淺了。漫長的碎裂和刮擦聲中，船在鳥礁外面的沙洲上停了下來，漢斯彼得飛撞船舵再跌到甲板上。漢斯彼得迅速起身站起來。

卡莉游泳，雙手摸到了水底，起身在水中跑向漆黑無光的鳥礁。跑著，跑著。

在水中跟他搏鬥會比較好嗎？現在就轉身跟他打。不行，我在水中無法踢腿，而且他有手槍。

進入紅樹林，上了鳥礁。跌跌撞撞穿過地面的垃圾，被遊船沖上岸的碎石，河水帶來的漂流物，破掉的保冷箱，瓶子，塑膠罐，奔跑，看到昏暗光線中樹下的白色物體，被深色東西絆倒，強烈的鳥糞臭味。築巢的鳥兒們低聲咕噥，樹上睡覺的鳥群不安地躁動，朱鷺群一陣大聲騷亂。

沒有明顯的道路，只有幾條雜草茂密的小徑。

漢斯彼得花了一會兒才拿到麻醉鏢，在漲潮中下錨，然後跳下水，把鏢上膛用長腿涉水前往鳥礁邊緣濃密的紅樹林，他的手槍插在腰帶，雙手拿著麻醉步槍和手電筒。

他必須趕快搞定——海巡隊可能會檢查他的船。雙手拿步槍和手電筒穿過紅樹林叢抵達硬地可不輕鬆。

卡莉奔跑，絆到，在她救那隻魚鷹的位置附近。什麼武器都好。隨便，棒子之類，求求上帝，魚叉，任何該死的東西。

地上有一兩隻鳥屍，糾纏在釣線中。一根斷棒。一個空啤酒箱。

雲朵在蒼白月光下飄動，昏暗的月光隨著雲朵經過忽明忽暗。

上千隻鳥在低鳴躁動，雛鳥發出刺耳叫聲，直到牠們獲得反芻後的魚肉餵養安靜下來。

一隻夜鷺在紅樹林邊緣捕魚，抬高腳步，彎起蛇形脖子靜止準備攻擊。夜晚相當熱鬧。

卡莉在地上摸索武器直到聽見漢斯彼得在紅樹林中開路上岸，她不敢出聲，退到灌木叢中，看著蒼白月光照在漢斯彼得的頭上。他在附近經過，手槍插在背後腰帶裡。他戴著安東尼奧的耳環。他會在先前魚鷹倒掛的那塊小空地經過她。

她緩緩退回樹叢裡；或許她可以繞到他背後搶手槍。**慢慢退後，雙腳併攏移動清理地面再把體重放上去。別發出碎裂聲。**

有隻鸚鵡大叫一聲飛過她頭上，振翅離去，漢斯彼得轉身看向她，舉起麻醉步槍發出爆裂聲，飛鏢呼嘯掠過她耳邊，他衝向她，她猛力踢他的腿，他倒在她身上，她仰倒在灌木叢上，雙手內側貼著胸前。漢斯彼得很強壯，前臂橫架在她喉嚨上，摸索口袋裡找另一支鏢要用來刺她。在他身上晃盪的東西碰觸到她，她發現他戴著她的聖伯多祿十字架。他換手去摸索另一邊口袋，變換中她可以使出頭槌，她頭槌，又一下。她的手摸到垂吊的十字架，把很短但不會太短的刀刃伸出來。她刺他下巴後方的弱點，刺了又刺，左右拉扯刀刃。順利往上刺進了他嘴裡割斷舌頭下的大血管。他哽住坐起來，抓著自己的臉，咳出一團血花。她在他身體下蠕動，他往後伸手拔手槍但又抓著自己的喉嚨，血從鼻子裡噴出來，也大量流下他的胸膛，被月光照成黑色。喘氣，彎腰，離開她。卡莉拔出他後腰的手槍射他的脊椎。他癱靠在魚鷹倒掛的那棵樹上。他背靠著樹坐在月光下看著她。她也回看。毫不眨眼地盯著他的臉直到他斷氣，再過去拿回她的十字架。

¶

當局人員會在未來幾天後接到船上賞鳥客的通知，在這裡發現他。他們會發現他靠著樹坐著，兩肩上停著宛如他天性的黑暗天使的禿鷹，用牠們的黑翅膀覆蓋他同時吃掉他臉上的軟組織，他鑲銀的犬齒發亮，永遠暴露在光明中。

天快亮了。棲息地開始騷動。地上有大塊影子，早起的鳥群已經開始盤旋，白鷺被第一道陽光照成白熾狀。廣大的棲地充滿了活力。

東方的光線逐漸上升。卡莉從鳥礁看得到快速道路，海鳥保育站上空的飛機警示燈變暗，如同黎明讓星辰黯淡。海鳥保育站，她的課本，她的果樹肥料，她的邁阿密戴德大學學生證都在那裡。

卡莉用兩個一加侖裝的桶子充當浮筒，一個有蓋子，另一個用一塊纏著釣線的塑膠塞住。卡莉抱著兩個浮筒，涉水下海，頭也不回，往早晨曙光游去。

寫於佛羅里達州邁阿密海灘市

二〇一八年

作者致謝

感謝貴格會聯合國辦事處提供 Yvonne E. Keairns 博士撰寫的田野研究報告《女童兵之聲》（The Voices of Girl Child Soldiers）。

感謝邁阿密戴德郡警局刑事組的退休警官 David Rivers 帶我參與一連串由他設計與指導的傑出兇案調查研討會課程。

鵜鶘港海鳥保育站專門復健受傷的鳥獸之後野放，是個靠捐款與志工支持運作的優良人道機構。他們很歡迎遊客。

最重要的，我要感謝邁阿密這個地方——宜人又美麗，由多半是從外地步行過來的人建立與維護的精彩美國城市。

書衣照片：Luxury Waterfront Lifestyle, E+ via Getty Images

內封照片：Full Frame Shot Of Sea, EyeEm via Getty Images

書封及裝幀設計：張家榕

湯瑪斯・哈里斯

出版過六部小說，其中，由連環殺手漢尼拔醫師為主要角色的「人魔四部曲」叫好又叫座，不但替心理驚悚的犯罪小說豎立了全新典範，也讓哈里斯聞名世界。他所有的作品都被翻拍成了電影，其中包括奪下了多座奧斯卡獎的經典之作《沉默的羔羊》。哈里斯是以美國與墨西哥的犯罪主題展開寫作生涯，之前曾在紐約的美聯社擔任記者與編輯。

卡莉摩拉

二〇二〇年九月四日　初版第一刷

作　者　湯瑪斯・哈里斯
譯　者　李建興
編　輯　廖書逸
發行人　林聖修
出　版　啟明出版事業股份有限公司
郵遞區號　一〇六八一
台北市大安區敦化南路二段五十七號十二樓之一
電話　〇二二七〇八八三五一
總經銷　紅螞蟻圖書有限公司
法律顧問　北辰著作權事務所
定價標示於書衣封底。

ISBN 978-986-98774-2-8

國家圖書館出版品預行編目 (CIP) 資料

卡莉摩拉／湯瑪斯・哈里斯（Thomas Harris）作；李建興譯。
──初版臺北市──：啓明，2020.09。
264 面；12.8 × 18.8 公分。

譯自：CARI MORA
ISBN 978-986-98774-2-8（平裝）

874.57　　109009727

CARI MORA
By Thomas Harris

Painting by Luis Pardini
Photographed by Robin Hill